高名凯译文集 3

葛兰德·欧琴妮

（法）巴尔扎克 著

海峡出版发行集团 THE STRAITS PUBLISHING & DISTRIBUTING GROUP | 海峡文艺出版社 Haixia Literature & Art Publishing House

目　录

第一章　乡绅的姿态

外省的一些城市，有许多房子，他的外观可以使人生出忧愁的感觉，就好像是最苍黑的修道院、最荒凉的野地或最悲惨的残墟一样。也许这些房子是和修道院的寂寞、野地的荒芜，和残墟的遗骸一样，那里的生活和动态是清静得可以使一个外来的人以为是没有人烟的地方，除非他忽然碰到一个在十字窗的栏杆上因为听到陌生的步声而望外探视的半道士式的面孔所发出的惨白冷酷的眼光。

这些忧愁的轮廓就表现在苏穆尔城的一个住宅的姿态里，这住宅就坐落在城市高处通到别宫的一条崎岖街道的尽头。这一条现在很少人光降的街道，夏天热，冬天冷，有些地方很黑，然而因为他那铺石小路所发出的清脆的响音，因为他那狭小而蜿蜒的小径，因为这古城所给他留下而属于堡垒范围之内的那些冷清清的房屋，他是很可值得注意的。

那些经过三世纪之久的建筑，虽然是用木料构造的，却仍然是很结实的；而且在各方面看来，都是苏穆尔所以能够引起好古家和艺术家的注意的元素。当人们走过这些房屋前面的时候，人们很难对于那些带有奇形怪状修饰的大块厚木板不加以赞赏，这些厚木板常常刻有黑色隐雕，盖在大部分房屋的地面楼上。

这里，许多横断的木块都盖上一层青石色，而在脆弱的屋墙上都画成许多蓝线条，墙的上端接着一个被年纪所叠成柱形的屋顶，他那腐烂的盖板却被雨水和太阳轮流的使他变成绞曲的形状。那里有破损而变黑的窗户栏杆，栏杆的细致的雕刻，必须费尽九牛二虎之力才能够看得见，拿来和棕色土罐比，似乎还要轻脆；这些窗户栏杆上就投出了穷女工所种植的丁香花和蔷薇。更远一点，就是饰有大钉的门户，在那里，我们的祖宗曾用他们的天才留下一些自用的楔形文字的痕迹，然而这些文字的意义是再也找不出来的。说不定是一个新教徒在那里表征他的信仰，说不定是一个神圣同盟会员在那里谩骂亨利四世。有些乡绅就在那里刻上了表示他在服务市邑时所得到的贵族爵位的标识，来象征被人所忘却的邑吏任内所有的光荣。这里是整个的法兰西历史。一面油灰墙在表显工匠的刨削器的神妙，在这墙所属的倾颓的房屋旁边立有一所绅士的公馆，这公馆的石门穹窿上还可以看出绅士的勋章的遗迹，是一七八九年之后震动全国的几次革命所摧残的。

在这一条街道中，做买卖的地面楼既不是小铺子，也不是大商店，中世纪的朋友们还可以在那里找到我们的祖宗那样简陋的买卖制度。这些矮房子没有门面，没有货品陈列橱，没有玻璃柜，他们很深、很黑，没有任何外面或内部的装饰。他们的门是两头整个打开的，粗加装铁，上部向内卷叠，下部装有一个用发条打响的铃，不断来回的打。空气和阳光有的是从门顶，有的是从穹窿、木板、窗栏杆一般高的小墙之间的空隙处透进这潮湿的洞穴；这墙上嵌有结实的遮窗板，用钉有圆头螺丝钉的铁杆，早晨把他打开，晚上回关。这墙的作用就在于展放商人的货品。这里丝毫也没有诡计。随着不同的商业性质，标本是两三包盐和鳌鱼、几包遮头布、绳索、悬在板上椽间的黄铜、沿着墙上的圈箍，或橱层上的几块毛巾。

请你走进去，你就可以看见一个干净的女郎，她是很年轻、很美丽的，围上白色的围头巾，红红的臂膀，她就要放下她的编织物去叫唤她的父亲或母亲，这父亲或母亲就要来给你售卖你所要的东西，冷淡的、和悦的、傲慢的，都随着他的性格如何而定，有的时候只为两分钱，有的时候则为两万佛郎的货品。

你可以看见一个木商坐在他的门边，一面转动他的拇指，一面跟一位邻居谈天；表面上看来，他只有一些钻成空洞用来倒置晒干瓶盂的坏木板和两三捆板条，但是在港里，他的工场却能够供应全安如省的桶匠；他能够从一块木板里看到：如果收成好的话，可以得到多少吨的收获，一线阳光可以促成丰收，一场恶雨可以毁坏收获；只在一天之中，大桶的价格是值得十一佛郎或是落到六磅。

在这地带，就好像是在杜尔兰一样，商业的生活是由气候的更变来统制的。种葡萄的人、房东、卖木头的商人桶匠、旅馆主人、航海家，一切的人都在等待着太阳光的降临；夜里他们战栗的躺卧在床上，唯恐第二天早晨有人告诉他夜里冻了冰；他们畏惧风雨，畏惧涸旱，希望能够如愿而有水、有热、有云彩。在天时和地利之间永远存在着一个对立的斗争。晴雨表轮流的使人们发愁、解闷和快乐。

从这一条街道（即古代的苏穆尔大街）的一端到另一尽头，每一个门上都贴着这些字："这是黄金的天气!"每一个人也都对他的邻居说："天下钱了！"因为他们知道太阳的光彩和适当的雨水要给他们带来什么东西。好季节的星期六中午，你怎么样也不能够从这些正直的小工业家手里买到一分钱的货色。每一个人都有他的葡萄、他的篱园，他们都到乡间去住两天。在那里，也是料想得到的事，商人的买卖和利润，十二分之十都是在不断的用娱乐的交际、观察、解说和侦探来进行的。一个主妇没有听见邻居问她丈夫鹧鸪是不是煮得烂熟之前绝不购买。一个少女在窗前探头的时候，没有不被一群闲人看见的。所以在那里，一切的事情都瞒不过人家，就是这些跑不进去的黑黝黝、冷清清的房屋也一点儿不神秘。

他们差不多都是生活在大空当中：每一个家庭都是坐在门边，在那里吃饭，在那里吵架。没有一个在街上走的人不被人们所研究。同样的，以前的时候，一个来到外省市镇的客人都在家家门前受到人们的愚弄。因此就产生了许多好听的故事，因此安儿尔的居民就有"话匣子"的绰号，因为他们特长于都市的嘲笑。

这古城的老邸厦就建立在这条街道的高处，以前是地方的绅士所居住的。这篇故事所要叙述的那座满充着忧愁色调的房子就正好是这些邸厦之中的一个，这是一世纪以前所传下来的值得敬重的遗留；在那个时代，一切的东西和人物都赋有简朴的性格，这性格是一天天的消失在法兰西的风俗习惯之中了。

这蜿蜒如画的道路，他的极小部分都可以引起人们的记忆，都可以令人堕入一种机械的梦幻；当您沿着这条道路走之后，您就可以看见一团越加深刻化的黑暗，中间就隐着葛兰德先生的宅门。

葛兰德先生在苏穆尔享有盛名，这原因和结果是一般多少，没有在外省生活过的人所不能够完全了解的。葛兰德先生（一部分人管他叫做葛兰德伯，但是这么称呼他的人已经大为减少了）

在一七八九年是一个舒服的木桶匠，他会念书，会写字，会算账。当法兰西共和政府在苏穆尔地区公卖教区的财产时，这位木桶匠有四十岁的年纪，刚刚娶了一位木板商人的女儿。葛兰德带着他的动产和嫁资二千路易①的金子跑到县城去，利用了他岳父所给他的二百双路易，贿赂了监视拍卖国有财产的一个凶猛的共和党人；差不多不用一个子儿就很合法的，至少是很正当的，得到了这地区内最优良的葡萄园、一所老旧的修道院和一些分租的田地。

苏穆尔的居民并没有多大的革命性。葛兰德伯却变成一个勇敢的人，一个共和党人，一个爱国者，醉心于新思潮，然而这位木桶匠在种植葡萄方面却是非常质朴的。他被委派为苏穆尔地区行政委员会的委员，他的抚慰工作也可以从政治和商业两方面感觉出来。在政治方面，他保护了解除爵位的贵族，用他的全力阻止拍卖移殖外省的贵族的财产。在商业方面，他供给共和政府的军队一两千瓶的白酒，换得一个妇女团体留着用为最后之用的超越的草场作为他的报酬。

在总裁时代，这位好好先生葛兰德变成了市长，他很小心的管理，更谨慎的收获葡萄。在帝国时代，他仍旧变为葛兰德先生。拿破仑不喜欢共和党人，他派了一个大地主、一个贵族、一个后来的帝国男爵来代替葛兰德先生，因为葛兰德先生曾经戴过红色的头巾②。葛兰德先生一点儿也没有歉意的离开了幸运的市政府。他曾经为全城的利益建筑了许多极好的道路，可以通达他所有的地产的所在地。自从他分门别类他所有的不同的园圃和葡萄田之后，谢谢他一贯的小心，他就变成了地方的头领，这是当时用来指示能够生产上等葡萄酒的葡萄种植家的一个普通的术语。他到

① 法国币名，因其上刻有路易图像，故名。

② 革命党人所戴的头巾。

底能够请求到光荣骑士的勋章。

这桩事发生在一八〇六年。那时候葛兰德先生年纪五十七岁，他的妻子大约三十六岁，他们正当的爱情所生的结晶，一位独生的女儿，正好十岁。大约是上帝有意的要安慰他在官场的失意，这一年他却接连的承继了葛兰德夫人的母亲拉高丁尼夫人（外姓拉柏尔特里尔），这死者的父亲老拉柏尔特里尔先生，和外祖母庄特叶夫人的财产；三份继承的数目却没有人知道。这三位老年人的悭吝是很动人的，他们在长时间之中堆积着他们的金钱，留着偷偷的思念。老拉柏尔特里尔先生管存款叫做浪费，因为他在端详黄金的光彩上可以得到比利息更大的益处。所以，苏穆尔城的居民只好从阳光照耀下的产业所得到的收入来猜测他的财富。葛兰德先生因此就得到了一个新的贵族衔头，是我们有平等奇癖的人所永远去不掉的，他变成了全地区“最多额的纳税者”。他种植了一百亩的葡萄，好年头可以出产七八百大桶的葡萄酒。他有十三个佃田、一所老旧的修道院，在那儿，为着经济起见，他就给各十字窗、各穹窿、各花玻璃窗建上了围墙去保护他们；他又有二十七块草场，在那儿他就在一七九三年错杂的增进了三千棵白杨树；还有，他所住的房子也是属于他自己的。

这些所说的都是看得见的家产。至于他的资金，却只有两个人能够粗略的猜测他的数目：一位是古虑曹先生，替葛兰德先生放高利贷的法律公证人；另一位是国拉桑先生，苏穆尔最富有的银行家，因为生利起见，这位葡萄种植人不得不为着方便而秘密的和他合作。虽然老古虑曹和国拉桑先生行事极乎谨慎，产生了他们在省中的信用和他们的家财，然而他们却公开的对葛兰德先生表露最大的敬畏，所以一般的观察家也可以从他们对于他的谄谀来估计前任市长所有的资金的数量。苏穆尔城中没有一个人不相信葛兰德先生有一个特殊的宝库，一个满充路易的隐穴，每天夜里看到一大堆黄金时，他就有一个不能去掉的愉快。贪小利的人看到这位好好先生的眼光，对此就有一种确信的情绪，好像黄色的金属品曾经从这眼光里传出他的颜色一样。一个善于利用资金生大利的人，他的眼光就和爱好逸乐的人、赌鬼或侍臣的眼光一样，必定能够养成某些说不出名字的习惯，偷看，贪婪，神秘的动作，是逃不出同道的眼睛的。这秘密的语言就在某种情形之下形成了同嗜的秘密会社。

葛兰德先生因此就引起了人们的尊敬；这也是他所应得的，因为他从来没有短过任何人的债务，因为他这么一个老木桶匠、老葡萄种植人能够和天文学家一样准确的揣测什么时候必须制造一千个或五百个大桶；他没有错过任何的投机机会，当木桶的售价比较收成的粮食还要昂贵的时候，他总有木桶出售；他能够把他所收获的葡萄藏在仓库里，等到每桶价值二百佛郎的时候才来脱售，然而小地主们却只好用五路易的市价来售卖他们的葡萄。他那著名的一八一一年的收获是很聪明的收藏着，很慢的售出，给他带来了二十四万磅的利息。从理财的观点来说，他就好像是一只猛虎和一条蟒蛇：他知道如何卧倒，如何盘曲，如何长对着他的牺牲物而跳跃上去；然后他就打开他的钱包口，尽吞金钱，安静的躺下，就好像正在消化，懒洋洋，冷冰冰，而有步骤的长蛇。

没有一个人看见他走过的时候不会生起羡慕而杂有尊敬和恐怖的情绪。苏穆尔的每一个人，难道没有感觉到印有他的铁爪痕迹的疮伤吗？从这一个人手中，管家古虑曹曾经用过一笔必要的款项买过一块地，然而却只是百分之十二；从那一个人身上，国拉桑先生曾经给他支付过款项，而却预先扣去了可怕的高利。没有一日没有人谈到葛兰德先生，也许是在市场上，也许是在城中夜会的对话中。有一部分人而且认为老葡萄种植人的家财是爱国者可以自傲的地方。同样的，没有一个商人、没有一个旅馆主人不用满意的神色对外来的客人说：

“先生我们这儿有两三家百万富翁，但是葛兰德先生却连自己的家财有多少都不知道！”

一八一六年，苏穆尔最能干的会计师曾估计过这位好好先生土地产业的价值，认为将近四百万；然而平均来说，自从一七九三年至一八一七年之间，每年都从他的土地中获到十万佛郎的利润，算起来，他所有的金钱的总数和他的不动产的总数大约是相等的。于是，在打牌或者讨论葡萄之后，谈到葛兰德先生的时候，能干的人们就说：

“葛兰德伯吗？……葛兰德伯总得有五六百万。”

“你比我本事还要大，我从来就不知道这总数。”如果古虑曹先生或国拉桑先生听到这句话时，他总这样的回答。

某一个巴黎人谈到许多罗特弃德[①]，或拉非特先生，苏穆尔的人们就问他到底这些人是不是和葛兰德先生一样的富有。如果这个巴黎人笑着用傲慢的肯定的答案来回复的话，他们就摇着头，带着怀疑的神色，彼此互相瞧一眼。

这么样的大家财就像是黄金造成的大衣，盖住了这个人的一切行为。如果当初他的生活中有某种特点曾经引起人们的讪笑和讽讥的话，这讽讥和讪笑也是徒费精力的。就是在极小的行动上，葛兰德先生也自有对他所判断的事物的权威。他所说的话，他所穿的衣服，他的姿势，眼睛的一瞬，都变成了全地区的榜样，这地区的每一个人都把他和博物学家研究动物本能的效果一样的研究之后，居然也能够认识他极轻微的动作之中所有的深幽的智慧。

“这个冬天要大冷罢！”人家这样说，“葛兰德伯已经穿上皮手

① 首户的意思。

套了：应该收获葡萄去。——葛兰德伯拿了很多的木板，今年一定有葡萄酒。”

葛兰德先生向来没有买过肉，也没有买过面包。他的佃户每星期都给他带来充分的阉鸡、小鸡、鸡蛋、牛油和缴还田租的麦子。他有一个磨房，租用这磨房的人，除了按契约付租之外，还要来向他要去一些壳实，给他带来麦皮和面粉。他唯一的女仆，大拿囊，虽然年纪不轻，每星期六却都得亲身造出全家用的面包。葛兰德先生自己也和租他田地的种菜人商量供给他菜蔬。至于果子呢，他收成得多着呢，还得拿一部分送到市场去卖。生火用的柴是从园篱中砍下的，或是从半腐烂的老丛林中收集的，是他从田陌上拔起来的；他的佃户们就替他把柴块运到城里来，很高兴的给他安置在堆柴的地方，接受了他的谢意。

照人们所知道的他的唯一费用就是圣餐，妻子和女儿的化妆品，付给礼拜堂的椅子费，灯费，大拿囊的薪水，锅罐的镀锡费，财产的上税，房屋修理费和开采的费用。他有六百亩森林，是新近才买到的，他就请了一位邻居看林子，答应给他一些津贴。只自这一次买到森林之后，他才吃野味。这个人的举止非常简单。他很少说话，平常只用破碎的小句子来表达他的思想，用低弱的声调来说话。大革命是他被人注目的时代，自此之后，当这位好好先生要作长篇的演讲或辩论，他总是很吃力的口吃着。这口吃，这没有伦次的谈论，一大篇莫名其妙的语词，条理的缺乏，这些都是不良教育的结果，可以用上面所说和下面将要叙述的事体来解释。另外，和代数的方程式一样正确的有四句话，是他在日常生活和商业中常常用来收敛或解决一切难题所用的：“我不知道。”“我不会。”“我不要。”“以后再看罢。”

他向来不说“是”，也不说“不是”，他从没有写过什么。

据说他是很冷淡的听人说话的，下颔套在右手掌中，把右肘支撑在左手的背面，他很坚决的构成许多意见，绝不反悔。就是为着极小的买卖，他也是大加长思的。如果在一个聪明的会谈中，他的对手发现了他的秘密的野心，以为能够抓得住他，他就回答说：

“不是问我太太，我一点儿也决定不了。”

他已经把他的妻子逼成一个完全的奴隶，然而事实上，她却是他最合适的盾牌。他向来不串门，不想接客，也不想请客；他从来不作声，似乎要节省一切，甚至于不肯作任何的动作。因为经常的尊敬产业，他也一点儿不在他人家中搅乱。

可是，不管他的声调如何的轻柔，不管他的态度怎样的矜持，这位木桶匠的语言和习惯是很刺人的，特别当他在家的时候，因为他在家里没有在外头那样的约束自己。

从体格来说，他是五尺高，矮胖而带四角形的人，腿肚有十二寸的圆周，多节的膝盖骨，宽阔的肩膀；他的脸孔是圆圆而带茶褐色的，面上显出小痘斑；他的颔部是直的，他的嘴唇没有任何的曲线，他的牙齿是洁白的；他的眼睛有一种幽静而贪婪的印象，就好像毒蛇的眼睛一般；他那满充着横纹的额头也少不了显著的隆起；他那灰黄而斑白的头发，那些不知道给葛兰德先生开玩笑的严肃的年青人管他叫做银色和金色。他那粗大的鼻尖支撑着一个文绉绉的肉瘤，一般粗人说他是满充着狡猾，这并不是胡说八道。这个外表可以告诉人家一种带有危险性的细腻，一种冷酷的诚实，一种惯于聚精会神而想在悭吝中追求愉快的人的个人主义。唯一让他觉得真正是件东西的就是他的女儿欧琴妮，他的唯一的继承者。此外，举止、容貌、动作，这一切都可以证明他对自己的自信，因为在一切的事业中，他总是成功的。所以，虽然从表面上看来他是个好说话的和蔼的人，事实上葛兰德先生却有一个铁的性格。

他总是一样的穿法，今日看见他怎么穿的人也就可以看出他在一七九一年是怎么穿的。他的大厚鞋是用皮带打结的；无论什么时候，他总穿着长绒的袜子，一条带有银钮子的棕色粗布短裤，一件带有黄褐相间的条纹而钉有一排正直钮子的丝绒背心，一身宽大而有大裾的上衣，一条黑色的领带和一顶瓜哥儿[①]帽。他的手套就和宪兵所用的手套一样的坚固，已经用了二十个月，为着保持这手套的洁净起见，他总是很有计划的把他放在帽缘，放在这一定的地位。

苏穆尔城的居民对于这个人物，除此之外，别的也就不知道了。

只有六个人有资格来到这所房子。头三个中最值得注意的就是古虑曹先生的侄儿。这位年青人，自从就任苏穆尔地方法院院长的职务后，就把“彭风”这个名字加在“古虑曹”这个名字上面，并且极力想方法要使“彭风”这个名字战胜“古虑曹”。在他签名的时候，他已经写上了“彭风·古虑曹”。不大小心的诉讼人，如果叫他做“古虑曹先生”的话，马上就要遭到他的当堂声斥。这位长官保护那些叫他做“院长先生”的人，然而却格外宠爱那些叫他做“彭风先生”的谄谀者，并且对他们发出甜蜜的微笑。这位院长先生年正三十三岁，他占有彭风这块领地，可以收到七千磅的地租；他等着要继承那位当法律公证人的叔父和另外一位统理杜尔城圣马尔丁教区的叔父古虑曹教士的财产；这两位叔父都是很富裕的。这三位古虑曹在一大群从兄弟、表兄弟、从姐妹、表姐妹的支持之下，再和城中二十大家庭相联合，结成了一个党派，就好像古时代佛罗兰斯城的梅迪西斯家一样；而且也像梅迪西斯众兄弟一样，诸位古虑曹也有他们的巴赤。

① 原文 Quaker，系指瓜哥儿派宗教信徒而言。此派信徒常戴长帽。

国拉桑夫人是一个年纪二十三岁的儿子的母亲，她很殷勤的和葛兰德夫人打交代，希望能够使她亲爱的阿窦甫和欧琴妮结婚。银行家国拉桑先生很费些力量，设法给他的妻子许多活动的方便；他不断的给这位老守财奴做此秘密的服务，并且总是来得适合其时。这三位国拉桑也有他们的同党，他们的从兄弟、从表姐妹，他们的忠实的同盟。

在古虑曹党方面，家庭的外交总长[①]是古虑曹教士，他受了他那当法律公证人的兄弟的支持，曾经拼命的争过财产，而且想保留财富，继承给他的侄儿，这位地方法院院长。

这种为葛兰德·欧琴妮的婚姻而引起的古虑曹和国拉桑二家的暗斗就激动了苏穆尔城各社会的注目。

葛兰德小姐要嫁给院长先生呢，还是国拉桑家的阿窦甫先生呢?

对于这个问题，有些人的答案认为葛兰德先生并不把他的女儿嫁给二者之中的任何一个。他们说：这位利欲熏心的老木桶匠是要找一个法兰西的世卿来当女婿的，三万磅的租金就可以使他接受葛兰德先生已往、现在和将来所有的一切的木桶。

另外一部分人就回答说：国拉桑先生夫妇都是贵族，非常的富裕，阿窦甫是一个非常可爱的骑士，除非在他囊中有一个教皇的侄儿之外，这么合适的结缡应当可以满足一位不大相干的人，全苏穆尔城的人都看见过这个人手中曾经拿过桶匠用的铁斧，曾经戴过红色的头巾。感觉最敏捷的人就看出彭风·古虑曹先生无时无刻不到这公馆，然而他的对头却只在星期日才受到主人的接见。这边一堆人认为国拉桑夫人和葛兰德家中的女流打得比古虑

---

① 原文 le Talleyrand de la famille，“一家之达利兰”。达氏系法国之著名外交家。

曹兄弟们来得火炽，她总能够露出一些话头，使其早晚成功。那边一堆人就回答说：古虑曹教士是世界上最婉转的一个人，夫人对和尚，正是势均力敌。

“他们是头对头，手对手。”一个聪明的苏穆尔人这样说。

最有阅历的本地老年人就认为葛兰德夫妇太聪明，他们不会把家产让给外人，苏穆尔的葛兰德·欧琴妮要嫁给富有的葡萄酒批发商人巴黎的葛兰德先生的儿子①。对于这种说法，古虑曹和国拉桑两派的人就回答说：

“先说，两个弟兄三十年只见到两次面。再说，巴黎的葛兰德先生对于他的儿子抱有极大的野心。他是区长、议员、国防军的联队长、商业法庭的审判员，他已经放弃了苏穆尔的葛兰德，并且想要用拿破仑的恩典和一个公爵的家庭结缡。”

我们不必说这位女继承人，在十法里范围之内人们到处都在谈论她，甚至于在公共的车中，包括从安儿尔到布罗瓦的一段路。

一八一一年年初，古虑曹派显然比国拉桑派来得成功。年轻的福罗瓦风侯爵因为亏空不得不变卖价值三百万的福罗瓦风地区的领土，这一块地有一个花园、一个伟大的宫邸，一些田园、河流、池沼、森林，都是很惹人注意的。古虑曹管家、古虑曹院长、古虑曹教士有同党的援助，居然能够阻止细截零卖。这位法律公证人就和那位年轻人定立了一项好买卖，劝告他说：没有零卖之前恐怕已经有了无数的诉讼，和买主相周旋；不如卖给葛兰德先生，因为葛兰德先生出得起这价钱，而且能够用现款交易。于是，这美丽的福罗瓦风侯爵领地就送到葛兰德先生的口里，葛兰德先生也就在全苏穆尔城的惊愕之下，结办手续，交付钱款。这一件事也就传遍了全南特和奥黎昂。

① 欧俗，堂兄弟和堂姐妹可以结婚，可以讲爱情。

刚好有一辆小车回去，葛兰德先生就利用这机会去看他的新宫。在他向他的房产投射一道主人的瞥视之后，他又回到苏穆尔来了。他确信这一次的投资可以得到五分利息，现在他有一个伟大的思想，就是要把他的一切财产都和福罗瓦风侯爵领地合并扩张起来。随后，为着重新补充他那几乎空空如也的宝库起见，他决定把一切的树木、森林砍伐，再把草场上的白杨树砍掉出卖。

现在就很容易懂得“葛兰德公馆”这句话的价值了。这所公馆是惨白的、清冷的、寂静的，位在城市的高处，躲在堡垒的残余之中。构成门洞的两棵柱子和穹窿就和房子一样也是用软白石砌成的，这是罗百尔河岸所出产的白色石，性质极软，平均好容易能够经历二百年的时间。门洞的穹窿和柱脚上有许多不平等的穴隙，是风雨所侵蚀而成的，好像是法兰西建筑术上所用的虫蚀状的古头，有点像监狱的廊子。在这穹窿之上有一块硬石造成的长条隐雕，代表四季的景物，图像已经侵蚀，完全变成黑色。在这个隐雕的上面就有凸出的墙脚，上面长着一些野生的植物：黄色的苧麻、牵牛花、旋花、车前子，和一棵相当高的小樱桃树。

这厚橡木板造成的门是棕色的、枯干的，到处都有裂纹，表面上看来很脆弱，实际上却很结实，因为有许多钉成齐整图形的圆头螺丝钉支持着。用生红锈的小铁棍编成的一个方形小格子窗就占住这旧门的中央，一个铁环把一个锤子兜在那里，用来敲打一颗大钉的曲皱的背面。这个锤子是长方形的，有点像我们祖宗所说的打钟金人，似乎是一个大的感叹号。细心的研究一下，古玩家就可以在这里找出一些痕迹，隐示这锤子是从前的一个滑稽人形，因为用久了才磨光了的。

这小小的格子窗当初在内战的时候，是拿来瞧瞧客人是不是朋友用的；从这小格子窗，好奇的人可以窥见从一个黑绿色的穹窿的深处，经过几个台阶可以走到一个花园，花园的四周是用厚墙围住的，宛如图画，这厚墙是潮湿的，满充着液漏，长着无数虚弱的灌木。

在公馆的地面楼中，最重要的一间就是那一间大厅，他的进口就位于可以通行马车的那扇大门的穹窿下面。这大厅的重要性是那些小城市‘如安如、杜尔兰、柏利’的居民所不知道的。大厅的作用很多，他同时是候待室，是客厅，是书房，是化妆室，又是饭厅；他是家庭生活的舞台，是全家的公共游艺场；街坊的理发匠也就是在这里每年来给葛兰德先生剃两次头；这里也就是接见佃户、教士、县长和磨粉匠的地方。

这一间大厅有两扇朝街的十字窗，地下是铺板的。四壁是用带有灰色雕刻的古代剜形板自上至下的装隔着；天花板是木梁构成的，也涂成灰色，在两根木梁之前就满充着白色的毛屑，现在却变成黄色的了。

一个镶着贝壳的阿拉伯花纹的老旧铜挂钟就装饰在雕刻粗糙白色石的壁炉台子上，在他的上面就有一面绿色的玻璃镜，镜的边缘是斜切的，可以让人看出镜的厚度，可以沿着镶铁高特式穿衣镜反射出一道光芒。点缀壁炉两头的是两个镀金的铜蜡台。蜡台是玫瑰花的形状。当穿白衣的主妇把这蜡盘拿起把他嵌入蓝色云母石和旧铜凑在一起所造成的柱脚时，这柱脚就变成平日所用的蜡台了。

古式的椅子都绣有拉方登寓言的图像；但是必得知道他才能够认识这些绣图的题目，因为颜色已经变成老旧，而图像也已经历过多次的改补，看起来不大容易。在这大厅的四个角落里都有一个三角形的靠墙架，一种上面有些秽层的类似碗橱之类的东西。一张镂嵌有细工的老游戏桌，上面是棋盘，就放在两个窗户中间一张画的前面。在这一张桌子上面有一个椭圆形的晴雨表，边缘是黑色的，用镀金的木条装饰着，不过这些木条上有些苍蝇在放浪的嬉戏，使涂金都成了问题。

在壁炉对面的墙壁上，挂有两张菘蓝铅笔画的肖像，似乎是代表葛兰德先生的先人，穿着法兰西国防军上校服装的老拉柏尔特里尔先生，和已故的庄特叶夫人，牧羊女郎的装束。

两个窗户后边就覆着红色杜尔粗布所造的窗帘，是用打结的丝线给他卷起来的。这种奢华的装饰和葛兰德先生的习惯一点儿也不调和，是买房子时合在一起买来的，其他如穿衣镜、铜钟、刺绣的椅子、花梨木的三角架等也都是同样买来的。在靠近门户的一个十字窗前，有一张籐椅，椅脚放在踏板上，因此可以把葛兰德夫人抬得高高的去看过路行人。一张野樱桃木造成的活计桌就塞住了门口，葛兰德·欧琴妮的小靠椅也就放在靠近的地方。

十五年来，母亲和女儿都是在这个地方很安静的过着她们的日子，不停的做活，自四月一直做到十一月。这最后一月的第一天，她们就可以把冬天的基站移到壁炉边。只有这一天，葛兰德先生才允许人家在厅中生火，三月三十一日灭火，而对于最初的春寒和最初的秋凉却一点儿也不管。一个手炉子装着大拿囊从厨房里替她们特殊留下的木炭火，葛兰德夫人和葛兰德小姐就是得着这手炉的帮助而度过最冷的四月和十一月的清晨或凉夜的。

母亲和女儿预备全家的衣服，她们是这么样细心的应用她们的日子在这真正的女红上面，如果欧琴妮要给她母亲绣一个小颈圈，她就非得利用睡眠的时间去做，欺骗她的父亲弄到灯光不可。很久以来，这位守财奴就和每天早晨分发每天所用的面包和必要的食品一样，分配油蜡给他的女儿和大拿囊。

大拿囊恐怕是唯一能够接受评价专制的人类。全城的人都在葛兰德先生和葛兰德夫人前头羡妒她。她所以被人叫做大拿囊，因为她有五尺八寸高的身材。她之属于葛兰德先生已经有三十五年之久了。虽然她只有六十磅的薪水，然而她却变成了苏穆尔最富有的女仆之一。这六十磅的薪水，积蓄了三十五年，却使她最近能够在古虑曹先生处存下了四千磅的养老金。大拿囊的长期恒定的积蓄，似乎有很伟大的结果。每一个女仆看见这可怜的六十岁的女人能够有面包留着过老日子，未免对她生了嫉妒之心，然而没有想到她所以能够得到这地步是用困苦的劳作换来的。

二十二岁的时候，这个可怜的女孩不能在任何人家找到地位，因为她的脸孔丑得可憎；当然这种感觉是非常不正当的，如果她这副脸孔生长在一个国防军卫士的肩膀上，他就大可令人叹羡了。不过人们却说什么都得相称。因为她所看守的牛场着了火，她就被迫离开了这农场，受着她那百折不挠的坚强的勇气的鼓励，她就到苏穆尔来寻觅工作。

那个时候，葛兰德先生刚刚好想结婚，已经要组织家庭。他目击这个女孩子在家家门前被人拒绝。用他一个木桶匠的地位来判断体力的功用，他就猜想到这个和黑尔居尔一样大，站在脚上就好像六十年的橡树矗立在树根上面一样，臀部极厚，背带四方，有车夫那样的手，和其不可更动的德性一样严紧的诚实的女性，像这一类的人很可以当做牛马来使用。点缀这凶杀脸孔的长肉块，红砖一般的面色，强健的手臂，破旧的衣服，这一切大拿囊所有的，没有一件不使这位木桶匠惊讶，那时候这位木桶匠的年纪还只在可以动心的期间。于是，他就拿衣服给这可怜的女孩子着，拿鞋给她穿，拿饭给她吃，给她薪水，利用而不太虐待她。

眼看着这样的被人欢迎，大拿囊暗地里高兴得都哭了，她诚恳的归附这位木桶匠，然而这木桶匠却用封建的办法来利用她。大拿囊什么都干：她做厨房，她做卤水蒸面包，她跑到罗瓦尔河去洗衣服，再把这洗好的衣服用肩膀抬回来；天一亮她就起来，夜里很晚她才睡觉；收成的时候，她预备饭给一切收获葡萄的工人吃，她监视摘葡萄的人；她保卫主人的财产就好像一条狗那样的忠实；最后，她对于主人有个盲目的信任，一声不响的服从他最谬妄、最无稽的幻想。

在那著名的一八一一年，就是给葛兰德先生许多苦恼的大收获的那一年，葛兰德先生决定把一只旧表送给已经服务二十年的大拿囊，这是她从他手里收到的唯一的礼物。虽然他也曾给她丢过他的旧鞋（她还可以穿穿），然而她却不能把这可以再穿三个月的旧鞋看做礼物，因为这是已经破烂的鞋。环境的必要使大拿囊变成一个这样悭吝的人，结果葛兰德也就非常爱她如同爱狗一般不可，而大拿囊的颈上也就挂上了一串满带着尖刺的项链，不过她自己不大觉得刺痛罢了。如果葛兰德切过面包切得有点太悭吝，大拿囊也并不埋怨；她很高兴的帮着主人在家中实行一种严格的卫生禁食，这家庭中向来没有一个生病的人。

后来，大拿囊就变成了家庭的一分子。葛兰德笑，她也笑；葛兰德发愁，她也发愁。她和他一块儿受冻，一块儿温暖，一块儿工作。在这种平等的生活中，有多少甜蜜的补偿啊！就是她在树下偷吃桃子、香桃、李子、杏梅，他也从来没有骂过她。

“尽管吃罢！拿囊！”当树枝俯垂在果子底下而农夫们也被迫拿果子去喂猪的年头，他就这样的对她说。

在一个年轻时到处受过虐待的田家女看来，在一个因怜悯而被接入家中的穷姑娘看来，葛兰德伯的刺人的谑笑却是真正的太阳的曙光。何况大拿囊的简单的心眼，狭小的脑袋只能够容得下一个单纯的情感、单纯的思想呢。三十五年了，她总想象着自己光着脚，穿着破衣跑到葛兰德先生的工场，总听见这位木桶匠对她说：

“你要什么？好孩子。”

她的感激也总是如此诚实的。

有的时候，当葛兰德想到这个可怜的生物从来没有听见过什么人在她面前说过任何诌谀的话，想到她不知道任何女人所有的温柔的情绪，而能够有一天走到上帝的面前受着上帝的审判，比较圣母玛利亚自己还要贞洁的时候，他就动了怜悯的心肠，瞅着她说：

“这可怜的拿囊！”

他的叹息总得到这位老女仆的不可名状的回眸一顾。这句常说的话很久以来就构成一道连续不断的友谊连锁，每一个叹息就是加在这连锁上的一个小环。这个存在葛兰德心中而被这位老女仆所愿意接受的怜悯，不知道为什么我总觉得有点可怕。这种悭吝者的残酷的怜悯在老木桶匠心中是引起了千千万万的快乐，然而在大拿囊方面却是她的幸福的总数。谁不会同样的说：“可怜的拿囊！”上帝能够从他们的声调和神秘的歉意中认得出谁是他的天使。

苏穆尔有很多很多的仆人，他们的待遇是更好的，然而他们的主人却得不到任何满意的表示。

“葛兰德一家人到底给大拿囊做些什么事，能够使她这样的倾心？她就愿意给他们赴汤蹈火？”

她的厨房有两个朝院子的窗户；这厨房永远是干净的、清洁的、冰冷的，是一个真正的悭吝者的厨房，在那儿什么东西都丢不了。当大拿囊洗完碗碟，吃完余饭，灭完火烬之后，她就离开她的厨房，从长廊走到大厅，在她的主人们旁边纺麻线。一支独一无二的蜡烛要全家人一晚上的使用。这位女仆就睡在长廊的深处，在一个整天的辛苦所照耀的陋室中睡觉。她那强健的体格使她经得起在这穴洞中居住；在那儿，她可以听见极微小的声响，因为这间房子无论是白天或是黑夜都是受寂寞的统治。就像警察派来的警狗一样，她只能够侧着一只耳朵，在警戒的休息中睡觉。

这所住宅其他部分的描写可以在叙述这篇故事时随时提到，

然而关于这家庭繁华所在的这个大厅的略图却可以使人预先想象到上面几层的空虚。

一八一九年十一月中旬的一个晚间，当黑夜开始降临的时候，大拿囊生了第一次的火。这秋天是太好了。这一天是诸位古虑曹和诸位国拉桑所深知的节日。于是，这六位反对派大家都准备着一切的武器来这大厅里碰头，要来证明他们和主人的友谊是超过另一派的。

早晨的时候，苏穆尔全城的人都看见葛兰德夫人和葛兰德小姐，由大拿囊伴着，到总教区的礼拜堂去做弥撒，每一个人都记起这一天是欧琴妮小姐的生日。于是，算准什么时候晚餐可以完了，古虑曹先生、古虑曹教士和彭风·古虑曹先生就忙着赶在诸位国拉桑之前来给葛兰德小姐贺生日。三个人都带来从他们的小暖室中采集来的大束鲜花。院长所要献送的花蒂是很巧妙的拿一条用流苏装饰的白缎带捆好的。

清早的时候，按照生辰纪念日和欧琴妮生日的惯例，葛兰德先生就来把她从床上惊醒，给她献出做父亲的所送的礼物；这礼物，十三年以来，都是一块奇异的金币。

葛兰德夫人平常都是送给女儿一身冬天或夏天的袍子，视情形如何而定。这两种袍子，这些金币，有的是她过新年时收集的，有的是她父亲过生日时收集的，使她凑成了一百厄古左右的小积蓄，是葛兰德喜欢看她积成的。这不就是把他的财宝从一个银柜搬到另外一个银柜？这不是用小铁针来挑高他的承继人的吝啬性吗？有的时候，他还把她算是他自己以前由拉柏尔特里尔给他增大的宝库，而对她说：

“这就是你将来的嫁资‘十二’。”

“十二”是古时代的风俗，现在还完全保留在法兰西中部的几个省份中。在柏利，在安如，当一个少女出嫁的时候，她的家庭或夫家必得给她送一笔款，或是十二块，或是十二倍十二块，或是一千二百块的金币或银币，视家庭的财富如何而定。就是最穷的女孩子也不能够没有“十二”而出嫁，不过她的“十二”只是十二大苏[①]而已。在伊苏当方面还有人在说，我不知道到底有多少，送给富有女承继人的“十二”，这“十二”值得一百四十四葡萄牙的金币。梅迪西斯·加太琳的叔父教皇克礼曼七世，当他把她嫁给亨利二世的时候就给她送了价值最高的十二个古代的金牌。

晚餐的时候，非常高兴看见他的欧琴妮穿着新袍，特别的美丽，这父亲就不禁叫了起来：

“因为这是欧琴妮的生日，生火罢！这是好预兆。”

“小姐今年要结婚，一定的！”大拿囊一面说，一面撤去了吃剩下的鹅骨头，这鹅就是木桶匠的雉鸡。

“在苏穆尔我就找不到她的佳偶。”葛兰德夫人一面答，一面用懦怯的神色瞧着她的丈夫。这种神色，用她的年纪来说，可以证明这可怜的妇人是如何的在完全卑屈的妇道下呻吟着。

葛兰德瞧了瞧他的女儿，很高兴的喊道：

“她今天二十三岁了，这孩子；马上就得替她想法子。”

欧琴妮和她的母亲一声不响的彼此瞪了一个智慧的眼色。

葛兰德夫人是一个枯干瘦小的妇人，黄得像一颗木瓜。她很笨拙，很迟慢。她是那些好像特别生来给人虐待的女人之中的一个。她的骨干很粗，鼻子很大，粗额，大眼；她的外貌看过去好像是无味无汁的干果子。牙齿又黑又稀，嘴带皱纹，颔部就像板底鞋。这是一个特等的妇人，是真正的一个拉柏尔特里尔种。古虑曹教士已经找过好多机会对她说她并不“太难看”，她也相信这句话。天使那样的温和，被儿童戏弄的昆虫那样的忍耐，罕见的

① 法国铜币名，合五参丁，即一佛郎之二十分之一。

慈仁，不可改变的心灵的平等，良善的心肠，这些使她到处被人同情，被人尊敬。

她的丈夫从来就没有一次给过她比六佛郎更多的零用费。虽然表面上看去很可笑，这位曾经用嫁资和继承给葛兰德先生带来三十万佛郎的太太却常常很深刻的感到依赖丈夫和变成一个奴隶的耻辱，然而温和的心灵又禁止她去反抗。她从没有向她丈夫要过一文钱，也没有看过古虑曹先生送到她面前请她签字的契约是怎么一回事。这种愚蠢而秘密的傲性，这种葛兰德先生所常错认而伤害的高贵的心灵就管束着这妇人的一切行为。

葛兰德夫人没有改变的总是穿着一身东方绿色布的袍子，她的习惯差不多要穿上一年；她围着一条白色的棉布头巾，戴着一顶编辫的草帽，总是戴着一领黑色的薄丝蔽膝巾。因为很少出门，所以不常穿烂她的皮鞋。总之，她从来什么东西也不要。

有的时候，葛兰德先生想起给他太太六佛郎，已经为时很久了，他就懊悔起来，于是，卖掉这每年的收获的时候，他总跟人家约定给她送一点礼金。从荷兰人或比利时人买到葛兰德先生的葡萄所给的钱中扣下四五个路易就形成了葛兰德夫人每年的最明显的收入。但是，当她收到这五路易的时候，她的丈夫又常常对她说下面一句话，好像他们的钱包是公共的似的：

“你有几个钱借我吗？”

这可怜的妇人，因为高兴居然能够给上帝特派来做她的君主的这个男人做一件什么事，就在冬天里从礼金里拿出一些钱给他。当葛兰德每月从口袋里拿出准备好的一百苏给他女儿零花，买线，买针，买化妆品用的时候，他又少不了在钮好口袋之后对他的妻子说：

“你，妈妈，你要一些吗？”

“朋友，我们以后再看罢！”葛兰德夫人受着母性尊严的情绪所激励，就这样的回答。

高尚的德性已经丢掉了！葛兰德自以为对于他的妻子非常的客气。那些遇到大拿囊、葛兰德夫人和欧琴妮一流女人的哲学家们，难道没有权利认为嘲弄就是上帝的基本性格吗？

在这第一次谈到欧琴妮婚姻的晚餐后，大拿囊跑到葛兰德先生房子去拿一瓶黑芥仑子酒，下来的时候，一不小心，摔了一跤。

“大傻瓜！你也要跟别人一样的摔倒吗，你？”她的主人对她说。

“先生，是您的扶梯不行。”

“她说得对，”葛兰德夫人说，“好久了，您就应该修理修理。昨天欧琴妮还在那儿蹂了一下脚。”

“瞧，”葛兰德看着满脸惨白的大拿囊说，“今天是欧琴妮的生日，你却摔了一跤，喝一杯黑芥仑子酒罢！”

“真的，我已经弄得不错，”大拿囊说，“如果别人做我的话，一定要把瓶子摔破了；可是我却宁可摔破了肘子而把他持在空中。”

“这可怜的拿囊！”葛兰德先生一面说，一面给她斟酒。

“你摔痛了吗？”欧琴妮很感觉兴趣的瞧着她说。

“没有什么，我把腰一挺就忍住了。”

“好罢，因为今天是欧琴妮的生日，”葛兰德说，“我就去修理那楼梯。你们这些人，你们不知道把脚踏在梯角，边上还是很结实的啦。”

葛兰德拿着蜡烛，只给他的妻子、他的女儿、他的女仆留下那火焰融融的炉火光，走到面包房里去觅些木板、铁钉和家伙。

“要不要帮您的忙？”大拿囊听见扶梯上砰砰的响声就嚷着问他。

“用不着，用不着，我懂得怎么做。”老木桶匠回答说。

正在葛兰德一个人修理蠹蛀的扶梯，尽力的吹唇哨，回忆他年轻时代的生活时，三个古虑曹刚刚好在敲门。

“是你们吗，古虑曹先生？”大拿囊一面在小格子窗洞里瞧着，一面问。

“是啊！”院长的回答。

大拿囊开了门，反映在穹窿底下的壁炉的微光就让三位古虑曹瞧得见大厅的进口。

“啊！你们是拜生日来的啊！”大拿囊一面闻着花，一面对他们说。

“对不起，诸位先生，”葛兰德认得是他朋友们的声音就叫道，“我就来陪你们！我太不成话，我自己修理楼梯。”

“修理您的，修理您的，葛兰德先生！‘在他家里木炭商就是主子。’①”院长带有格言意味的说，一面独自一个人笑着自己所说的没有人懂得的典故。

葛兰德夫人和葛兰德小姐站了起来。院长就乘着黑暗对欧琴妮说：

“小姐，今天贵生日，可以让我祝您将来年年快乐，永远康健吗？”

他授给她一大束在苏穆尔很少见的鲜花，然后就捉住她的胳膊，拼命的吻着她的颈项的两边，高兴得使欧琴妮害羞起来。好像一根生锈的铁钉一般的这个院长以为这下子真可以讨得她的欢心了。

“不要客气，”葛兰德进来说，“院长先生，逢着节日，您们总是这么客气呵！”

---

① 这是法国的谚语。据传说，法王佛兰苏瓦一世有一次打猎回来太晚，就跑进一家木炭铺去过夜。这木炭商只给他不好的地方睡觉，自己占住好地方。法王问他，他说：“在家里，木炭商就是主子。”

“可是，和欧琴妮在一起，”古虑曹教士一面献过他的花，一面回答说，“天天都是我侄儿的节日。”

然后他就吻了欧琴妮的手。

至于古虑曹法律公证人呢，他就在这位少女的双颊上轻轻的接吻，然后说：

“岁月催人？每年十二个月。”

葛兰德一向是幽默的，而且当幽默得太过分的时候，他往往很厌腻的重复着。这时候，他就把蜡烛放在铜钟前面原来的地位，说：

“今天是欧琴妮的生日，我们要点得亮亮的！”

他很细心的脱下蜡台的烛枝，把蜡托安在每一个座子上，从大拿囊手中取来一支用纸包好的新油蜡，插在空洞里，排得好好的，把他点了起来，跑到妻子身边坐下，一面轮流着瞧一瞧他的朋友、他的女儿和大拿囊。

古虑曹教士，这位肥满，带有赭色平直的假须，面如快乐老妇女的小胖子，一面提起他那穿上有银钩的大厚鞋的脚走上前来说：

“那些国拉桑没有来？”

“还没有。”葛兰德说。

“可是，他们一定来吗？”老法律公证人一面问，一面蹙起他那漏勺似的尽是洞眼的麻脸。

“我想是。”葛兰德夫人回答。

“您的葡萄都收成好了吗？”彭风院长问葛兰德先生。

“到处！”这位老葡萄种植人对他说，一面站起来，在厅中踱来踱去，用一个满充着骄傲的动作，就好像他所说的“到处”一样，抬高了他的咽喉。

在通厨房的长廊门边，他看见大拿囊坐在火旁边，有一盏灯，预备纺织，避免和大家混在一起过节。

“不要客气，”葛兰德进来说，“院长先生，逢着节日，您们总是这么客气呵！”

“拿囊！”他一边走进了长廊，一边说，“灭了火，灭了灯，到我们这儿来。好家伙！大厅容得下我们大家。”

“可是，您有阔老贵客呀！”

“这还不好吗？他们跟你一样都是亚当的子孙。”

葛兰德回转身，对着院长说：

“你卖掉你的收成了没有？”

“没有，我要留着。如果现在酒价好的话，两年后一定还要好。您知道地主们都商量好要坚持恰当的价格，并且今年比利时人再也弄不过我们。如果他们要走的话，他们还会再来的。”

“对的，可是我们得好好的坚持。”葛兰德说，他的声调吓了院长一跳。

“难道他要背着我们到市场去卖吗？”古虑曹心里想。

就在这个时候，门上铜锤的响声宣告了国拉桑全家的来临，他们的光降也就打断了葛兰德夫人和教士之间刚刚开始的谈话。

国拉桑夫人是那些短小、活泼、肥胖、洁白而带玫瑰色的女人之一。这些女人因为在乡间摄养和规矩的生活，就是到了四十岁也还保留着她们的年轻的风韵。她们正像末期的玫瑰花，看去可以使人发生快感，然而花瓣却是冷冰冰的，香味也比较的微弱。她穿得相当的讲究，式样都是由巴黎来的，在苏穆尔城颇有声誉，常在交际场中活跃。她的丈夫是退伍的前任禁卫队队长，在奥斯特里兹负过重伤，现在虽然拍葛兰德先生的马屁，却仍旧保持有军人的爽直的容貌。

“您好！”他一边伸过手，一边对老葡萄种植人说，给人一个高贵的印象，是他常常压倒诸位古虑曹的地方。他给葛兰德夫人问过好之后，就对欧琴妮说：“小姐，您总是这样的美丽，这样的贤惠，我实在不知道应该如何庆贺您。”

然后，他献出他的随身女仆所带来的一个小匣子，里头盛着新从好望角运来的灌木的鲜花，是欧洲所鲜见的。

国拉桑夫人很动情的吻着欧琴妮，紧握着她的手对她说：

“阿窦甫要替我给您送一个小小的纪念品。”

一个金发的、惨白而脆弱的高大的少年，有相当的礼貌，表面上是很腼腆的，然而刚在巴黎攻治法律而花了八千甚至一万佛郎宿膳以外的零用费，这位少年就朝着欧琴妮走，吻着她的两颊，献出一个针线盒，其中的器具全是镀银的，哪怕上面很好的用噶瑟克字体刻上了E、G两个字母，可以使人以为是细工，这毕竟是道地的船上水手所售的劣等货物。当欧琴妮把它打开的时候，她感觉到一种意外而完全的快乐，使她飞红着脸，战栗着，震动了她的少女的闲态。她转过眼睛，看看她的父亲，好像是问他可以不可以收下。葛兰德先生说了一声：“收下罢！我的孩子！”他的声音就好像是戏子的腔调。三个古虑曹呆呆的看着这位女继承人对于国拉桑·阿窦甫所投去的高兴而活泼的目光，这位女承继人好像是有生以来第一次见过这一类的珍贵品似的。

国拉桑先生赠给葛兰德一撮烟，他自己也取了一撮，再抖了抖落在蓝色上衣的钮子上面所挂的光荣骑士的勋带上面的烟末，然后又用了一种神气对诸位古虑曹瞧了一眼，好像是说：

“给我把那花束扔在一边！”

国拉桑夫人瞧了瞧放着诸位古虑曹所送的鲜花的大口蓝色瓶，用着刻薄的女人的好意去发现他们的礼物。古虑曹猜中了这个意思就让大家坐在壁炉的前边，自己就和葛兰德走到大厅的深处，后来等到他们走到离开诸位国拉桑最远的一个窗口的时候，这位教士就朝着守财奴的耳边说：

“这些人就把钱从窗户丢出去。”

“有什么法子可以使他跑进我的钱库？”老葡萄种植人回答。

“如果您愿意给您女儿金剪刀，您就有法子。”教士说。

“我给她的东西比剪刀还要好哩。”葛兰德回答说。

“我的侄儿是一个傻瓜。”教士一面想，一面瞧了瞧院长，院长的蓬乱的头发更现出他那棕色外貌的倒霉相，“他不要弄出笑话把事情弄糟糕了罢？”

“我们来跟您一块儿打牌，葛兰德夫人！”国拉桑夫人说。

“可是，我们大家都是在一起的，我们可以分两桌打……”

“因为今天是欧琴妮的生日，你们就大家一起打罗多牌罢，”葛兰德伯说，“这两位孩子也可以一块儿玩。”老木桶匠向来不赌钱，就叫他的女儿和阿窦甫。

“好罢，拿囊，搬桌子来。”

“我来帮您忙，拿囊女士。”国拉桑夫人很高兴的说，她非常的快乐，因为她能够使欧琴妮喜欢。

“我长这么大就没有这么高兴过，”这位女继承人对她说，“我就没有在任何地方看见过这么好看的东西哟！”

“这是阿窦甫从巴黎带来的，这是他选了又选的。”国拉桑夫人朝着她的耳边说。

“滚，滚你的，你这阴险的母夜叉！”院长对自己说，“要是你有一天打官司，你或者你的丈夫，瞧，你就没有便宜……”

坐在角落里的法律公证人冷静的瞧了瞧教士，心里说：

“这些国拉桑干得好，我的家产，我兄弟的家产，我侄儿的家产，一起算，总有二十万佛郎。这些国拉桑合在一起最多也过不了一半，他们还有一个女儿：他们要送什么就送什么罢，将来总有一天连这位女继承人带他们所送的礼物都要归于我们的。”

晚上八点半，两桌牌都已预备好。好看的国拉桑夫人居然能够把他的儿子安置在欧琴妮旁边坐。这幕戏虽然在表面上看来很粗俗，却很好看。一切的角色都拿着各种颜色而记有数目字的纸牌和蓝色的玻璃筹码，他们好像都在听老法律公证人说笑话（这位老法律公证人拿到一张牌没有不说一句讽刺的话的），其实大家都在想着葛兰德先生的百万家财。

老木桶匠很骄傲的瞅着国拉桑夫人所带的玫瑰色鸟毛和她的新装，他又瞅着银行家和阿窦甫的严重的脑袋，又看了看院长、教士和法律公证人，自己在心里说：

“原来他们都是为着我的钱。他们为着我的女儿来这里自寻苦恼。嘿！我的女儿才不给他们哩！这些人都不过是给我当打鱼用的渔叉！”

在这苍老而用两只蜡台照耀的客厅中所产生的家庭的喜乐，这些渗有大拿囊的纺车声的笑声（这些欢笑只有在欧琴妮和她母亲的口唇间才是诚恳的），这种带有这么大兴趣的小聚会，这位好像被人随便高定价格的猎味，被人追逐，被虚伪的友谊所拉拢的少女，这一切的一切都使这幕戏变成一幕悲惨的喜剧。这难道不是随时随地所有而以最简单的方式表现出来的一幕戏吗？领导这剧戏而使其明显的就是葛兰德的身份，他引起了两个家庭的虚伪的结交，而从中得到莫大的利益。万能的金钱，由唯一的姿态表现出来的金钱的能力，这难道不是人们所相信的唯一的近代天神吗？

在这里，生活的甜蜜的情感只占有次要的地位；这些情感只激动了三个清洁的心肠，大拿囊、欧琴妮和她的母亲的心。然而，她们是多么无知而幼稚啊！欧琴妮和她的母亲一点儿也不知道葛兰德的家财，她们只用微弱而模糊的观念来估计生活中的事物；她们对于金钱既不喜欢，也不讨厌；她们有节约的习惯。她们的情感，虽然因为无知而冷淡，然而却是活泼的，而且是她们的生存的秘诀。在这些完全沉醉在物质生活的人们所组合的聚会中，她们是奇异的例外。这是人类的丑态！没有一种幸福不是从无知来的。

葛兰德夫人赢了一注十三苏，是这客厅中从来没有赢过的大数目，大拿囊看着夫人拿着这笔大款放在口袋里，不禁高兴的笑了起来。就在这个时候，一声铜锤响从公馆的门上传了进来，门敲得很重，太太小姐们都从椅中跳了起来。

“苏穆尔人并不敲得这么重！”法律公证人说。

“可以这么敲门吗？”大拿囊说，“他们不是要敲破我们的门吗？”

“什么鬼东西？”葛兰德喊着。

大拿囊拿了两只蜡台中的一个，和葛兰德一块儿去开门。

“葛兰德！葛兰德！”他的太太被一种模糊不清的惧怖所推动，叫了起来，追到厅门。

一切的赌客都彼此互相凝视。

“我们要不要到那边去？”国拉桑太太说，“这声响在我看来很不妙。”

国拉桑夫人好容易看见一个青年，有一个驿站的挑夫跟着，带来两只大箱和一些旅行袋。葛兰德忽然转过来对他的妻子说：

“葛兰德夫人，打你们的牌去罢。让我跟先生谈谈……”

然后，他很神气的拉了大厅的门。大厅中被惊动了的赌客又重新归位，可是并不继续赌博。

“是不是苏穆尔的人，国拉桑先生？”他的太太问他。

“不是，是一位旅客。”

“他一定是巴黎来的，一定是。”

“事实上，”法律公证人拿出他那两个手指厚而类似荷兰船的老表，一面说，“现在九点钟了。哼！大驿站的马车从来不迟到。”

“这位先生年纪轻吗？”古虑曹教士问。

“轻。”国拉桑先生答，“他带来的行李至少有三百公斤重。”

“拿囊还没有回来呢。”欧琴妮说。

“这一定是您的一位亲戚。”院长说。

“我们押钱罢。”葛兰德夫人温和的喊，“从他的声音里，我觉得葛兰德先生不大高兴，也许他不满意我们谈他的事。”

“小姐，”阿窦甫对他的邻坐说，“一定是你的堂兄弟，一个很漂亮的青年，我在儒僧庄先生的跳舞会中见过他。”

阿窦甫不再说了，因为他的母亲踩了一下他的脚；然后又大声的问他要两苏钱给她下注。

“别胡说，大傻瓜！”她朝着他的耳朵说。

正在这时候，葛兰德一个人回来了，大拿囊没有回来，她的脚步和挑夫的脚声震响在扶梯上。随着葛兰德来的是一位客人，他于顷刻之间引起了这些人的好奇心，强烈的占据了这些人的想象。所以他之到来这个人家，落在这个世界之中，正像一个蜗牛堕在一只蜂房中，或是一只孔雀飞到乡村的一个低黑的养禽场。

“请在壁炉旁边坐坐罢。”葛兰德对他说。

就座之前，这位年轻的客人很谦恭的给全体行了一个礼。男人们都站起来还礼，女人们也致了一个敬礼。

“先生，您一定很冷罢？”葛兰德夫人说，“您大概是来自……？”

“真是，这些女人！”老葡萄种植人一面说，一面把手中所拿的一封信放下不念，“让先生歇歇罢。”

“可是，父亲，也许先生需要一些什么东西。”欧琴妮说。

“他嘴里有舌头。”这葡萄种植人很严厉的回答。

只有这位陌生的人对于这幕戏觉得很奇怪，其他的人是特别生来受这位好好先生的专横的。然而，正当交换这两句问答的时候，陌生的人站了起来，把背朝着壁炉，举起一只脚去烤鞋跟，而向欧琴妮说：

“堂姐，谢谢您，我已经在杜尔吃过饭。”他又瞧着葛兰德加上一句话，“我什么也不需要，我而且一点儿也不累。”

“先生是从京里来的罢？”国拉桑夫人问。

这位先生名叫查礼，是巴黎葛兰德先生的儿子。当他听到这问话的时候，他就拿起拴在颈上的小显微镜，架在右眼上，看看桌上所有的是些什么东西和坐在桌旁的都是些什么人；他很无礼的特别瞟了国拉桑夫人一眼，而在细细的察视之后，就对她说：

“是的，太太！——伯母，请您玩罗多牌罢。”他又加上一句，“继续赌钱罢，不赌太没意思了……”

“一定是堂弟。”国拉桑夫人一面心里想，一面对他丢小眼。

“四十七，”老教士喊了起来，“看看罢，国拉桑夫人，是不是您的数码呢？”

国拉桑先生在他妻子的牌上押下一根筹码，国拉桑夫人却被悲哀的预测所侵袭，而来回的观察这位巴黎的堂弟和欧琴妮，一点儿也不想罗多牌。年轻的女承继人不时不时的窥视堂弟，银行家的妻子也很容易在她面上发现出一种惊愕或好奇心的渐次的增强。

第二章　巴黎的堂弟

葛兰德·查礼先生是一位二十二岁的漂亮青年，这时刻正好做了一个对照，和乡下人相比拟，他的贵族的态度已经很自然的引起了反感，一切的人都在研究他而拿他开玩笑。这需要一个解释。

年青的人在二十二岁的时候往往还是离开童年不远而做出许多幼稚的事。所以，大约在一百个之中总有九十九个和葛兰德·查礼的行径相同。在这夜会之前的几天，他的父亲叫他到苏穆尔他的伯伯家里来过几个月。也许巴黎的葛兰德先生也曾想到欧琴妮。查礼是第一次来到外省的，他想要以一个时髦的超越年青人出现在那里，要使全地区的人因为他的奢华而悲愁，要在那里划下一个时代，带来许多巴黎生活的新鲜的发明。总之，他想在苏穆尔比在巴黎更花一些时间来修饰手甲，来过分的考究服装。

服装的考究有的时候是高雅的青年人所忽略的，然而这忽略却是可恕的。

所以查礼就带来最讲究的猎衣，最好看的猎枪，最美观的刀子，最漂亮的巴黎鞘，他带来一大批量精巧的背心：有灰的，有白的，有黑的，有蟹色的，有金条的，有花纹的，有杂色的，有双重的，有直领的，有反领的，有一直到上边都有钮子的，有金扣子的。他带着当时流行的各种领条和领带。他带来两件布伊松制的礼服和最精致的衣装。他带来他母亲所送给他的秀丽的金梳妆匣。他带来花花公子所用的装饰品，也没有忘记带来一个悦目的小文具箱，是最可爱的女人小安娜送给他的；这位女人，因为避免嫌疑不得不暂时牺牲幸福，到苏格兰去做勇敢而厌烦的旅行。此外还带有极乎美妙的信纸，预备每半个月给她写信。这是人们所能做到的一船最完备而丰富的巴黎货，自用来开始决斗的皮鞭一直到决斗最后所用的刻字的好手枪为止，闲荡的年青人用以开垦生活的一切的耕作工具都包含在内。他的父亲告诉他要一个人单独而慢慢的旅行，他却一个人用紧迫的步伐来，相当满意的雇了一辆精美的游车跑到小安娜面前，跟她约好于来年六月和她在巴登浴场相会。

查礼以为可以在他伯父家中遇到一百个人物，可以在他伯父的丛林中围猎，可以在那儿度着别宫的生活；他不知道他的伯父是在苏穆尔，等到询问福罗瓦风的道路时，他才知道；可是当他知道的时候，他又以为伯父是住在大邸厦里的。为着好好的开始他在伯父家中的生活，不管是在苏穆尔也好，或是在福罗瓦风也好，他就用最漂亮、最珍贵、最“令人羡慕”（这“令人羡慕”一词是当时的人用以概括一切东西或人物的特殊完全性的）的旅行服装打扮着。在杜尔，一个理发匠刚给他烫过他那栗色的头发；他在那里曾换过一套衣服，结上一条黑色的绸领带，换上一条圆领条，好好的衬出他那雪白的脸孔。一身半钮着的旅行礼服夹着他的身材，让人看出一件有直领的毛背心，里面又有第二件白背心。他的表，很随便的放在口袋里，是用一条拴在钮洞中的小金链连着的。他的灰裤子在两边钮着，上面有裁缝给他绣上的黑丝的花纹。他很恰当的拿着手杖，手杖的金杖头是雕刻的，然而却改变不了他的黑色手套的鲜采。最后，他的鸭舌帽是有超等的风味儿。

一个巴黎人，一个在最高等社会中生活的巴黎人能够一个人自己管理而不至于弄出笑话，同时能够把这一切幼稚的举动结成一个傲慢的调和，用一个勇敢的气焰去支持；这气焰是一个有手枪、有手段、有小安娜的青年所有的。

现在，如果您要明白为什么这些苏穆尔人和年轻的巴黎人彼此间都有相互的惊奇，如果您要看清楚这客人的华丽如何给这厅中的暗影和构成这家庭图像的这些脸孔投进一线鲜明的闪光，您只要看一看诸位古虑曹就行了。这三位都吸着烟，好久了都没有想到清除散布在滞有干涸黄皱的领条的赭色衬衣的襟饰的鼻涕和小黑饼碎。他们的领带一套在领条里就卷成绳子。一大堆的衣服，每六个月才洗一次，放在衣柜的深底，让时间把灰色而黑旧的斑点印在上面。他们都有共同的坏脸色和衰老的气象。他们的脸孔和他们那褴褛的上衣是一样憔悴的，和他们的裤子是一样褶皱的，好像是毁耗了的、消瘦了的，而褶皱着。

忽略其他的衣服，一切的衣服都是不完全、不新鲜的，这是一般外省的装饰。在外省，人们不知不觉的就走到不为他们而装饰的地步，只留心卖手套的价钱，这刚刚好和诸位古虑曹的无忧无虑相配合。式样的丑陋，是国拉桑和古虑曹派所以彼此了解的地方。

这位巴黎人拿着他的小千里镜来观察这大厅的简陋的附属物，

地板的椽桁，装板壁的色调，苍蝇在上面所印下的斑点的数目也就够得标点分类百科全书和全世界新闻；跟着玩罗多牌的人也就仰起了他们的鼻端，用观看长颈鹿一样的好奇心来看他。国拉桑先生和他的公子本来不是没有看见过时髦的脸孔的，然而也跟着他们的邻坐一块儿的惊讶，这也许是受了无名的一般情绪的影响，也许是要用满充着讥讽的眼色来给他们证明说：

“在巴黎就是这个样子。”

不过，大家都不慌不忙的观察查礼，一点儿也不怕得罪公馆的主人。葛兰德却专注于他手中所拿着的长信，他取了桌上唯一的灯火来读信，一点儿也不顾他的客人，也不管到底他们高兴不高兴。

欧琴妮从来就不知道什么叫做完全的典型，不论是在服装方面或是在人格方面。在她看来，他的堂弟简直是天上降落下来的天使。她很愉快的吸着从这么样光亮、这么样温雅的卷曲的头发所散发出来的香味。她很想能够摸一摸这副细致的手套的光滑的皮面。她羡慕查礼的小手，查礼的容颜，鲜艳而纤细的面纹。这个图像可以概括的叙述这个漂亮的年青人对于这个不断补缀袜子，不断为她父亲缝补衣服而一生在污秽的屋饰之下生活，一个钟头还不能够在这冷静的街中看到一个行人的无知的少女所生的印象。然而最重要的还是堂弟的仪表，使她在心中涌出了一些最细腻的愉快的情感，就好像一位青年看见了在英国的纪念品，维斯托所描绘、芬登所刻制的精巧的玄想的女人的图像而引起的情感一样；这些图像是太工巧了，使人只怕在牛皮纸上一吹就会叫这些丽质天姿飞上天去。

查礼从口袋里拿出了一条手绢，是那个正在苏格兰旅行的情人给他绣好的。看了这个在浪费时间讲爱情的时候来作的精美的物品，欧琴妮就瞧了瞧她的堂弟，看看他到底是不是真正的拿来用。查礼的态度，他的姿势，他架小千里镜的神气，他的无礼的言行，他对刚才使女继承人高兴的那个小箱子的鄙视（这小箱子在他看来显然是毫无价值、非常可笑的），这一切打击诸位古虑曹和诸位国拉桑的举动都使她大大的高兴，高兴得在酣睡之前，很长的时间之内，不能不先和这出类拔萃的堂弟在梦中相会。

牌是很慢很慢的抓着，然而不久大家也就停止了罗多牌游戏。大拿囊进来高声喊叫：

“太太，应该给我找些被单给先生铺床啦。”

葛兰德夫人跟着大拿囊去。国拉桑夫人轻轻的说：

“大家拿走钱，罗多牌别打了罢！”

每一个人就从缺边茶托子里拿起先前注下的钱；然后大家就一块儿移动，在壁炉旁边谈了一刻钟的话。

“你们玩完了吗？”葛兰德一面说一面还继续看信。

“是的，是的。”国拉桑夫人说着，拿了一个椅子坐在查礼的旁边。

欧琴妮受了一种思念的推动。这些思念是少女们第一次感到某种情绪时心中所有的。她就离开了大厅，跑去帮助大拿囊和她母亲。如果她在忏悔师面前被质问的话，她一定要说她既不是想母亲，也不是想大拿囊，而是为一种欲求所驱使要到堂弟的房子去瞧瞧；去帮忙堂弟，去安置一切，看看有什么事情忘记了没有，看看有什么东西得预先准备没有，总之，要尽可能去使房子漂亮、洁净。欧琴妮已经相信只有自己一个人才懂得堂弟的趣味、堂弟的意思。

事实上，她居然能够很高兴的给母亲和大拿囊证明一切的事体都没有弄好，虽然她们以为一切都已安置停当。她给大拿囊出主意，叫她用木炭去烘被；她自己也拿了一张小台布盖住旧桌子，命令大拿囊每天早晨换一次台布。她说服她的母亲在壁炉上生一团好火；她瞒着父亲，指挥大拿囊搬上一堆木头放在走廊中。她跑去大厅墙角的碗橱中找来一个从已故拉柏尔特里尔夫人承继来的旧漆盆，又拿了一只六角玻璃杯，一把褪金的小匙，一只刻有情人图像的古酒瓶，很得意的把这一切都安放在壁炉的一角上。这一刻钟中发生在她脑筋中的主意比她有生以来所有的还要多。

“妈妈，”她说，“我的堂弟绝对受不了这油蜡烛的臭味。我们可以买一支白蜡烛吗？”

她就和鸟一样轻快的跑去从她的钱包中拿出来她所收到的月费。

“瞧，拿囊，”她说，“快点儿去。”

“可是，您父亲要该说什么话啦！”

葛兰德夫人看见她的女儿取了葛兰德先生从福罗瓦风别宫带来的古瓷糖壶，就对她说了这句反对的话。

“可是，你到哪儿去弄糖去呢？你不疯了吗？”

“妈妈，拿囊也要买蜡烛，也要买糖。”

“但是你父亲呢？”

“他的侄儿连一杯甜水都喝不到，他还舒服吗？况且，他也注意不到这些。”

“你父亲什么都看得见。”葛兰德夫人仰起头来说。

大拿囊拿不定主意，她认识她的主人。

“去罢，拿囊，因为今天是我的生日！”

大拿囊听到年青女主人的第一次诙谐，不禁破声大笑，服从了她。

正当欧琴妮和她母亲热心修饰葛兰德先生给他侄儿预备的房子的时候，查礼就成了给他送过不少秋波的国拉桑夫人的注意物。

“先生，”她对他说，“您真有勇气在这大冬天离开京城的欢乐，跑到苏穆尔来住。可是，如果您不觉得我们太可怕的话，您就要看出这里也还好玩哩。”

她给他送去一个地道的乡下人的秋波。外省女人们的习惯平常是以含蓄而谨慎的眼睛来传达幽美的情欲的，这种传情的方式是那些认为一切欢乐都是偷窃或罪恶的修道女们的眼睛所特有的。

查礼觉得在这厅中是太流浪了，他觉得他离开他所想象的伯父的大别宫和华丽的生活太远了，于是，他就在注视国拉桑夫人中看出一个擦去一半的巴黎女人的面形。他用温雅的态度回答一种向他投来的邀请，自然而然的应身会谈。在这会谈之中，国拉桑夫人渐渐的平和了她的语调，以求和她的亲密的态度相调和。在她和查礼之中，都存在有一个同样的需要：大家都需要亲密。于是，在几分钟媚人的闲谈和庄严的谈笑之后，这位玲珑的外省女人居然能够对他谈起那些正在谈论全苏穆尔城这时刻所讨论的酒价问题的其他的人，自以为他人听不见她所说的话：

“先生，如果您愿意来看我们，我和外子一定很高兴。我们的客厅是苏穆尔唯一的客厅，您可以在那儿找到高等的商人和贵族：我们是属于这两个社会的，这两个社会中的人不到别处，只到那儿相会，因为大家可以在那儿玩。我很骄傲的对您说，我的先生也是同样被这两个社会的人所重视的。所以，我们要想方法来分移您在这里居住的厌烦。如果您要住在葛兰德先生家里，我的妈呀！您要变成什么样子！您伯伯是个贪婪的人，他不想别的，只想葡萄的压条。您伯母是个虔诚的女人，她一点儿也不知道把两个意思凑在一起。您的堂姐是个小傻瓜，她没有受过教育，是个平凡的女子，没有嫁资，一天到晚在缝补破布里过日子。”

“她很好。”葛兰德·查礼自己对自己说，以之回答国拉桑夫人的媚态。

“我的太太，您好像要独占先生似的。”胖大的银行家笑着说。

对于这情形，法律公证人和院长就说了些多少带有恶性的话；

可是教士却用文雅的神色瞧着他们，用一撮烟来结束他们的思想，再给大家递过一遍烟匣。

“谁能够比太太更会把苏穆尔的光荣表现出来呢?”他说。

“啊，这个！您是什么意思，教士先生?”国拉桑先生问。

“先生，我的意思是对您，对太太，对苏穆尔，对先生都有利的。”这位狡猾的老头儿加上一句，一面转过身来朝着查礼瞅。

好像一点儿也不加以注意，古虑曹教士却猜着查礼和国拉桑夫人之间的谈话。

“先生，”最后是阿窦甫装做安舒的神色对查礼说，“我不知道您记不记得我，我很高兴能够在儒僧庄男爵的跳舞会中坐在您的对面，而且……”

“对啦，先生，真对。”查礼回答，他很惊愕自己变成了大家所注目的对象。

“这位先生是太太的公子罢?”他问国拉桑夫人。

教士很狡猾的看着这位母亲。

“是的，先生。”她说。

“您在巴黎很年青，是吗?”查礼重新对阿窦甫说。

“有什么办法，先生!”教士说，“他们一断乳，我们就得把他们送到巴比伦去。”

国拉桑夫人用一个满充着惊讶的眼色质问教士。

“应当到外省来，”他接着说，“来寻找像太太这样有些刚得法学士学位的儿子的三四十岁的女人。我觉得现在还是和许多年青男女们站在椅子上看您跳舞的日子哟。太太!”教士一面转过身来朝着他的女对手，一面加上一句说，“在我看来，您当日的成功真是恍如昨日哟！……”

“哈！这老囚命根!”国拉桑夫人心里说，“他猜中了我的心绪吗?”

“我似乎已经在苏穆尔收到很大的成功了。”查礼一面心里想，一面解开礼服的钮子，把手放在背心里，巡视一下各地方，仿效张德莱所制的拜伦爵士的铜像的那种姿势。

葛兰德伯的不管闲事，或说得更好一点，他之专注于看信，并没有逃出法律公证人的注意，也逃不了院长的眼光。他们都在想方法要从当时被蜡烛照耀通明的这位好好先生所有的看不见的脸部动作里来猜想这封信的内容。葡萄种植人很难维持住他平日所有的沉静，每一个人也都能够描绘出葛兰德先生读这封信时所有的狼狈的神色。这封凶信的内容是这样的：

哥哥：

我们彼此不见面快要十三年了。我的婚姻是我们的最后谈话资料，从此之后，我们就彼此分开了。真的，我一点儿也想不到你会有一天变成了我们一家的唯一台柱，这家庭的兴旺是你所赞赏的。当你手中拿到这一封信，我已不在人间了。在我现在的地位下，我并不想活着忍受破产的耻辱。我已经尽量的在深渊旁边挣扎到最后的一刻，总希望能够残存。然而必得掉在里头。我的证券经纪人以及我的法律公证人罗甘的相继破产，夺去了我的最后财源，一点儿也不留给我。我必得付还将近四百万的债务，然而我却只能拿出百分之二十五。这时刻我在栈里所存的葡萄酒大行跌价，这是你那边的丰收和酒质的优良所生的结果。三天之内，全巴黎的人将要说：‘葛兰德先生是个光棍！’我，我这个诚实的人将要躺卧在不名誉的殓尸布之中。我毁了我的儿子，我污辱了他的名声，我夺去了他的母亲的财产。然而他却一点儿也不知道这些事，这个我所溺爱的不幸的孩子！我们很亲切的说过一声‘再见’。侥幸得很，他不知道我最后的生命的波流就在这次离别中充溢着。将来有一天，他不要骂我罢？哥哥，我的哥哥！孩子们的咒骂是最难堪的！他们可以记起我们的责骂，然而他们的咒骂却是无可挽回的。葛兰德，你是我的哥哥，你应当保护我：不要让查礼在我墓上说出任何苛刻的话！我的哥哥，如果我用血泪给你写信的话，那是因为世间上并没有我放在这封信中那样大的痛苦；我要痛哭，我要流血，我要死亡，那时候我就不要感觉痛苦；然而现在我很痛苦，我用干枯的眼睛瞅着死亡。所以你就是查礼的父亲了。在他母亲方面，他并没有任何的亲戚，你知道这是什么缘故。为什么我没有服从社会的成见？为什么我放弃了爱情？为什么我娶了大贵族的女儿？查礼没有家庭。哦！我的不幸的孩子！我的孩子！……听我的罢，葛兰德，我并不是为我而恳求你；并且你的产业恐怕也不够得抵押三百万，我是为我的儿子而恳求你！你要知道清楚这一点，我的哥哥，我叉着我的哀求的双手想到你。葛兰德，我在临死之时把查礼交托给你。当我想你可以做他的父亲时，我就毫无痛苦的看着我的手枪。他很爱我，他，查礼，我也对他太好了，我向来没有违过他的意。他一定不会咒骂我。并且你将要看到：他很温和，像他母亲一样，他绝不会给你苦头吃。可怜的孩子！他太习惯于奢华的快乐，他不知道任何的欠缺，这欠缺是从前我们所以定罪他人，现在他人所以给我们第一悲惨的原因……他算是毁了，一个人毁了！是的，他的一切朋友都将要驱走他，然而使他屈服的原因却就是我。啊！我很想有臂力能够一下子把他送到天上去，在他母亲的旁边。发疯了！我再回来说我的不幸，说说查礼的不幸。我把他送交给你，要你好好的告诉他我的死和他将来的命运。你要做他的父亲，一个好父亲。不要一下子就夺去了他的放荡生活，如果这样的话，你就要杀死他。我跪着请求他抛弃债权，以他母亲承继人的资格，他可以否认我。但是这是无用的请求；他有他的尊严，他会觉出不应该和我的债权人打交道。必要的时候，叫他放弃我的承继权。告诉他我所给他留下的困苦的生活景况；如果他还留情于我，以我的名义告诉他一切都不至于吃亏。是的，工作，工作曾经救过我们两个，工作也可以给他偿还我给他带走的幸福。如果他愿意听他父亲的声音，这位父亲有一天可以为他从墓中出来，叫他离开故国，到印度去！我的哥哥，查礼是个诚实而勇敢的孩子：你一定要给他预备一些船货，如果他不还你第一次借给他的本钱，他还不如死掉，因此你一定借本钱给他，葛兰德！不然的话，你一定要痛悔的。啊！如果我的儿子不能从你那里得到救援或爱抚，我要永远在上帝面前请求报复你的残忍。如果我能够剩下一些钱，我一定要在他母亲的产业项下给他留下一笔；但是月底的发薪已经把我的一切款项都吸收了去。我并不愿意在不清楚我儿子的命运之前死去；我曾想过希望能够从你那使我温暖的热烈的手中感觉出来你的许诺；但是时间不允许我。正在查礼旅行的时候，我就得算清我的账。我要以虔诚之心来证明我的失败并不是罪恶，也不是不廉洁。这不就是关怀查礼吗？——别矣，哥哥！愿上帝看见你接受我的嘱托，保障我的儿子，给你降临一切的幸福。在我们都得去而我已先去的国度里将有一个不断的声音在恳求你。

葛兰德·维多尔—安诸—威廉

“你们谈天吗？”葛兰德伯一面说，一面把信按照原来的折痕折起来，把他放在背心的口袋里。

他用谦卑而恐惧的神色看着他的侄儿，他把一切的情绪和计算都隐蔽在这神色之下。

“你烘暖了吗？”

“暖了，亲爱的伯伯。”

“那么，我们家里的女人们哪儿去了呢？”伯伯说，已经忘记了他的侄儿要在他家里睡觉。

正在这个时候，欧琴妮和葛兰德夫人回来了。

“上边都整理好了吗？”这位好好先生回复了冷静的态度，问她们。

“是的，爸爸。”

“那么，侄儿，如果你累的话，拿囊就带你到你房子去。好家伙！这不是花花公子的寓所！但是你可以宽恕我们这些一文莫名的穷苦的葡萄种植人。苛捐杂税刮去了我们的一切。”

“我们不要不识相，葛兰德，”银行家说，“您还有许多话要跟您侄儿说哩，我们祝你们晚上好，明天见！”

听到这几句，大家都站了起来，每一个人都照自己的性格致了一个特殊的敬礼。老法律公证人到门下去找他的灯笼，然后又来把他点上，给诸位国拉桑照引。国拉桑夫人没有预想到这夜会就这样早的忽然结束，她的女仆也还没有来。

“太太，您可以给我面子来接受我的臂膀吗？”古虑曹教士对国拉桑夫人说。

“谢谢，教士先生，我有我的儿子。”她冷淡的答。

“太太们和我是不会发生危险的。”教士说。

“给古虑曹先生伸过臂膀好啦。”她的丈夫对她说。

教士相当轻捷的领导这漂亮的女人，跑到这一群客人的前头几步。

“这位年青人很不坏，太太，”他一面说，一面拉住她的臂膀。“再见筐子哟，葡萄已经收成好了！您得给葛兰德小姐言别啦。欧琴妮恐怕要归巴黎人。除非这位堂弟已经被另外一位巴黎女人恋上，您的儿子阿窦甫一定要在他身上碰到一个情敌，并且是最……”

“得啦，教士先生。这位年青人不久就要看出欧琴妮是个糊涂虫，是个不新鲜的女孩子。您研究过没有？今天晚上她就黄得像木瓜。”

“您大约已经把这一点指示给这位堂弟了罢？”

“我呀，我才不客气呢……”

“太太，请您时时跟着欧琴妮，您就用不着当着年青人说他堂姐的坏话。他自己可以比较，这比较……”

“先说，他已经答应后天到我家里来吃晚饭哩。”

“啊，如果您要，太太……”教士说。

“我要您又怎么啦，教士先生？您是不是要给我出些坏主意呢？谢谢上帝，我有无污的名誉，我不是活到三十九岁特别来毁坏自己的名誉的，就是为着一个大蒙古帝国，我也不会这样做。我和您，我们都已经到达了相当的年龄了，知道什么叫做谈天的年龄了。以一个修道士来说，您实在有不少不正当的思想。呸！这实在配得说是一个《浮布拉斯》。”

“您念过《浮布拉斯》吗？”

“我没有，教士先生，我的意思是说《危险的交际》。”

“啊！这本书是极乎带有道德性的，”教士笑着说，“但是，您给我弄得和今天这位年青人一样的缺德！我不过是要您……”

“您敢说您不想劝我做一些丑恶的事？这不很明白吗？我相信这位年青人很好，如果他逢迎我，他就不想他的堂姐。我知道在巴黎有许多好母亲这样的牺牲自己来为她们的儿女谋幸福；然而我们是在外省，教士先生。”

“是的，太太。”

“况且，”她接着说，“我和阿窦甫本人，我们谁也不愿意为那一万万花那么大的代价呀！”

“太太，我可一点儿也没有谈到什么一万万。这企望恐怕是在我们的力量之上的。不过，我相信一个忠厚的女人，一位正派的女人可以用一种正当的企图做一些无害的卖弄风情的勾当，这是她的社交责任，而且是……”

“您相信？”

“太太，我们难道不应该想法子大家弄得和气些吗？……让我谴责我自己。——我真告诉您，太太，”他又接着说，“他拿小千里镜来看您比看我来得谄谀；但是我宽恕他宁可尊敬年老的美人……”

“很清楚的，”院长用粗声说，“巴黎的葛兰德先生所以把儿子送到苏穆尔来，完全是有婚姻的目的。”

“那么，这位堂弟就不会像炸弹似的从天上掉下来啊！”法律公证人回答。

“这证明不了什么，”国拉桑先生说，“这位好好先生是个神秘的人。”

“国拉桑，朋友，我已经请了这位年青人来吃晚饭。您应当去请拉苏里尔夫妇和奥多瓦一对，不必说还有美丽的奥多瓦小姐；您就叫这位小姐那天穿得好好的，因为妒忌的缘故，她的母亲让她穿得总是不大整齐！……——我希望，诸位先生，你们也能够给我一个面子来。”她止住了大家，转过身，朝着两位古虑曹说。

“你们到了家了，太太。”法律公证人说。

给三位国拉桑致敬之后，三位古虑曹就从那边回转到他们的家里。三个人就用外省人所有的分析的天才来研究这夜会所发生的大事件的各方面，这大事件是互相改变了古虑曹和国拉桑两派的地位的。指导他们行为的高贵的好意使这些大打算家彼此感觉到有暂时结成联盟来对付共同敌人的必要。他们要不要互相帮助去阻止欧琴妮爱她的堂弟，去阻止查礼想他的堂姐呢？这位巴黎人能够不能够抵抗那些围绕他身边而要诱惑他的无信的婉言、甜柔的谗语、满充着颂词的诽谤、幼稚的拒绝呢？

当四个亲人单独的留在厅中的时候，葛兰德先生对他的侄儿说：

"应当睡觉了。太晚了，来不及谈到叫你到这儿来的那些事儿；明天找个恰当的时间再谈罢。这儿，我们八点钟吃早点。中午我们吃一个果子，很快的吃一点儿面包，喝一杯白酒；然后，和巴黎人一样，我们五点钟吃晚饭。这是我们的规矩。如果你要看一看城里和近郊，你可以和空气一样的自由。如果我事忙不能够陪你，请你原谅我。你也许要听到这里的一切人都说我很富：'这里葛兰德先生，那里葛兰德先生！'我让他们随便说，他们的胡说八道并不会损害我的人望。可是我并没有钱，我这个年纪还是像年青的农夫一样的工作，这农夫所有的只是一个破刨刀和两条好手臂。也许不久你自己也要看出用血汗换来的一文钱值得多少。——咱们走罢，拿囊，蜡台！"

"侄儿，我希望你能够找到一切你所需要的，"葛兰德夫人说，"可是，如果你缺少什么，你可以叫拿囊。"

"亲爱的伯母，这太麻烦了；我想我带有我一切的东西！让我祝您一夜平安，同时也祝我年青的堂姐一夜好。"

查礼从大拿囊手中取过一条点好的蜡烛，一条安如制的白蜡烛已经发黄了，是在铺子里搁旧了的，它的光线非常像油蜡烛，所以绝对想不到家里有其存在的葛兰德也看不出它的特色。

"我给你带路。"这位好好先生说。

葛兰德不从穹窿底下的厅门走，很客气的从那道大厅和厨房之间的走廊走。一扇镶有椭圆形玻璃版的活门关住扶梯那边的走廊，用以减轻闯进来的寒气。但是，在冬天，从那里猛吹进来的冷风也并不算少，而且虽然大厅各门上都装有粗毛，厅中的热气好容易才能够维持适当的温度。

大拿囊走去闩了大门，关了大厅，从狗洞中放出了一条狼狗；狼狗的声音哑了，好像是患咽头炎似的。这个凶猛的动物只认识一个大拿囊。这两个田野的生物相处得很相得。当查礼看见他伯伯沉着的脚步所震动的虫蛀的倾斜扶梯旁边的黄色而熏烟的围墙时，他的魂魄就飞到九霄云外去了。他觉得自己是堕在鸡埘之中。他转过身来看一看他的伯母和他的堂姐的脸孔；她们打扮得好好的站在扶梯上，用友情的表达来迎接他，因为不知道他所以惊讶的原因，就对他答以温和的微笑，然而这却使他大失所望。

“父亲太可恶了，给我送到这儿来干什么？”他自己对自己说。

走到第一个梯头时，他看见三扇涂上意大利漆而没有框饰的门，嵌在满充尘土的墙上的门，外面饰以螺丝形的铁条，端头扎成火炬的形状，就好像是销口的长插销一样。

位在扶梯上头，厨房上面那间房子的进口的那一扇门显然是有墙堵上的。事实上人们只由葛兰德的卧室走进房子，而这间房子是给他作事务室用的。引进阳光的唯一朝院的十字窗是用许多铁栏杆挡住的。

没有一个人，甚至于葛兰德夫人也不许来到这房子来，这位好好先生要一个人单独在那里，好像一位炼丹的道士守着他的丹炉一样。那里，无疑的，有许多巧妙的秘密，那里堆积着财产的契据，那里挂有许多称银钱的天秤，那里每天晚上秘密的写出许多清单、收据和账目。这种做法使一些办事的人，看见葛兰德先生随时都是准备好的，以为必有一位女神或一个魔鬼在听着他的命令。那里，无疑的，当大拿囊的鼾声震动地板，当狼狗警戒而在庭中打呵欠，当葛兰德夫人和葛兰德小姐已经酣睡的时候，这老木匠就来爱惜、抚摸、羡望、滋养、捆束他的黄金。墙是很厚的，窗外的外扉是紧密的。只有他一个人有这试验室的钥匙；人家说，他就是在这里决定他的种植果子树的计划，在这里登记他的产物，小至一根葡萄压条、一束细枝。

欧琴妮卧室的进口就在这堵的门的对面。最后，在梯头的尽头就是这两位夫妇的寓所，占住公馆前面的全部。葛兰德夫人的卧室是由一扇玻璃门通至欧琴妮的卧室的。家主的卧室和他妻子的卧室是由一扇板壁隔开的，由一扇厚墙和那神秘的事务室分开。葛兰德就把他的侄儿安置在第三层楼他自己卧室上面的屋顶楼中，因为这么一来，如果他的侄儿一时想入非非在室内踱来踱去的话，他可以听得见。

当欧琴妮和她母亲走到扶梯的中间时，她们从此接了晚安的吻；然后，在给查礼说几句再见的话之后，她们带着冰冷的嘴唇，然而女儿却的确带有温暖的心，回到她们的卧室中去。

“你到了你的房子了，我的侄儿。”葛兰德伯一面对查礼说，一面给他开门。“如果你有出去的必要的话，你可以叫拿囊。没有她，你的仆人！狗要一声不响的咬你。好好的睡罢。一夜平安！……嘿！嘿！这些女人给你生了火了。”他接着说。

这时候，大拿囊又出现了，拿着汤婆子。

“这又是一个！”葛兰德先生说，“你是不是把我侄儿当做分娩的女人看待？给这木炭搬走罢，拿囊！”

“可是，先生，被单太潮湿了，这位先生也的确像女人那样的娇嫩。”

“算了罢，你去，因为你已经把他搁在脑袋里，”葛兰德推着她的肩膀说，“可是要当心火灾。”

然后，守财奴走下扶梯，口中喃喃的说些不清不楚的话。

查礼仍是呆呆的站在行李箱中的中央。他投过眼光看一看装饰郊外酒店的黄色的印花纸糊上的屋顶楼房墙，看一看竖凹线型的硬石灰石所造成的冰冷的壁炉，看一看饰有涂漆木棍的黄色木板所造的椅子（这椅子似乎不只有四角），看一看开着柜门容得下一个小走绳人的榻前的小夜儿，看一看放在有天盖的床前的布边小地毯，这床的挂帐的布边摇动着，好像就要掉下一样，差不多都要被虫吃光了，然后他很严重的瞧了大拿囊一眼，对她说：

"啊，这样！好孩子，我是不是真的住在前任苏穆尔市长，巴黎葛兰德先生的哥哥葛兰德先生的家里呢？"

"对啊，先生，住在一个很可爱、很温和、很完全的先生的家里。要不要我帮您理箱子呢？"

"天哪，我很喜欢他，我的老丘八！你没有在皇家禁卫队的船上伺候过罢？"

"啊！啊！啊！啊！"大拿囊说，"什么，禁卫队的船？那不咸吗？他在水上走吗？"

"得了，给我找一找我的睡衣罢，它就在这只小箱里。这是钥匙。"

大拿囊大大惊异的看见一件绣有金花而有古代花纹的绿色丝睡衣。

"您就穿着这件衣服睡觉吗？"她说。

"是的。"

"我的妈啊！美丽的祭台布那是给教堂做的。可是，亲爱的小先生，请您把它送到教堂里去罢，您就可以拯救您的灵魂，如果您穿的话，您就要丢掉你的灵魂。哦！您应该是那样的高贵！我去叫小姐来看看您。"

"算了罢，拿囊！你是叫拿囊的，别胡说！让我睡觉，明天我再理理东西；如果我的睡衣真的使你这么样的高兴，你也就可以拯救你的灵魂了。我走的时候，如果不给你，就算不得是基督徒，你也可以随你的便，要怎么用它就怎么用。”

大拿囊伫立着，默默的打量查礼，不敢相信他所说的话。

“送给我这件美丽的衣服呀?”她一面说，一面走出，“他已经在说梦话，这位先生。一夜平安。”

“一夜平安，拿囊。”

“我来这儿干吗呢?”查礼临睡的时候说，“我父亲不是傻瓜，我的旅行一定有目的。哧！明天有严重的事体，我说我不知道到底是什么名堂。”

“圣母，他太温雅了，我的堂弟!”欧琴妮对她自己说，打断了她的祷告，这祷告在这天晚上是没有完成的。

葛兰德夫人临睡的时候，什么思念也没有。她从壁板中央的交通窗里，听见守财奴在房中踱来踱去。跟一切怯懦的女人一样，她曾研究过她主人的性格。正如飞鸥预兆大风雨一样，从看不见的征兆里她已经预先感觉到摇动葛兰德内心的风波。用她所用的话来说，她当时是在那里装死。

葛兰德看了看他在事务室门上所安的里层铁甲板，再对自己说：

“我弟弟真是想入非非，怎么把他的儿子交给我！多么美的继承！我还拿不出二十厄古给他哩。然而在这位用小显微镜来看我的晴雨表好像要把他烧掉一样的花花公子看来，二十厄古又算得什么!”

想到这悲惨的遗嘱所给他的结果，葛兰德也许要比他的弟弟写这遗嘱时还要受打击哩。

“我将来可以得到这件金衣服吗?”大拿囊说。她穿着祭台布睡，平生第一遭梦着花，梦着地毯，梦着绫子，正如欧琴妮第一次做爱情的梦一样。

第三章　外省的爱情

在少女们那洁净而单调的生活中，总会有一个甜蜜的时刻；这时刻，太阳在她们的灵魂中吐露出它的光彩，花草给她们表达思想，心脏的跳悸给她们的脑筋传达丰沃的热流，而把她们的思念溶化在一个空泛的欲望中；满充着贞洁的忧愁和温美的快乐的日子！当婴儿开始看见阳光的时候，他微笑着；当一个少女瞥见自然界有情感的时候，她微笑着就好像她在童年时代的微笑一样。如果阳光是生命的第一个爱情的话，那么爱情难道不是心灵的阳光吗？清清楚楚看见一事一物的时刻已经降临到欧琴妮身上来了。

和一切外省的女子一样的早起，她很早就起来了，祷告毕就开始她的梳妆，这是她此后含有一种意义的工作。她先梳光她的栗色的头发，最小心的打着头上的大辫子，只怕头发从辫中散出，再把髻子结成等角形，使其脸上所有的羞怯诚实的娇态增加鲜明，使简单的装饰能够和自然的曲线相调和。然后，就在使她的皮肤硬结发红的清水中洗了好几遍手，一面又瞧着她那肥圆的美丽的臂膀，自己问自己到底堂弟有了这白嫩的手和修整的指甲时又要怎么样。她着了最新的袜子，穿了最好看的鞋。她很精细的系好带子，连一个眼洞儿都没有疏忽。最后，平生第一遭祝求能够获到胜利，她认识了有一件可以使她合意的新衣是怎么样的幸福。

打扮完了，她听见教堂打钟，惊奇的算着只打七点钟。因为要有充足的时间让她装饰，使她起得太早。因为她不知道来回的修改发结，研究它的效用，欧琴妮就很质朴的叉着手臂，坐在窗前，瞻望庭院，狭小的花园和占据园中的高土台。这一切的景物都是悲凉的、有限的，然而却少不了孤寂的地点或荒芜的自然界所特有的神秘的美丽。

厨房旁边有一个水井，水井的四周有栏圈围着，水井上面有一个滑车，是由一条弯曲的铁片支住的。上面有萎谢、凋红，而为季节所晒干的葡萄枝叶覆盖着。这些葡萄藤就绕到墙根，爬在墙上，沿着房子走，一直到一个柴藿槛为止。这柴藿槛所有的木头就好像一个藏书家所藏的书那样齐整的堆着。庭中的小径到处显出灰黑的颜色，是长时间中因青苔、漫草和缺乏人迹而生的结果。厚厚的房墙显露出它绿色的衬衫，带有许多褐色的长长的波纹。最后，在庭院的深处有八个台阶，连着花园的门；这些台阶是凌乱而隐蔽在高厚的树木之下的，就好像是十字军时代寡妇所掩埋的一个骑士的坟墓一样。在一条完全侵蚀了的石凳上面立着一个腐烂的木栅门，已经朽落了一半，然而攀爬的丛草却在上面结婚。在有格子窗的那扇门的两边伸展出两棵营养不足的苹果树的曲枝。这所谓花园就是由分隔三条平等沙路，而用黄杨树夹花道来支持的那些耕畦组成的。花园的尽端，土台的脚根就有一丛菩提树，像凉伞一般的盖着。这边是些覆盆子树，那边是一棵庞

欧琴妮开始她的梳妆，这是她此后含有一种意义的工作。

大的胡桃树，他的枝叶一直垂到木桶匠的事务室。罗瓦尔河畔的一个清晴的日子和秋天的太阳开始消散夜里在这花园和这庭院之中的如画的景物，房墙壁以及草木上面夜里所印下的那层秋晨的薄霜。

欧琴妮在这些以前看得极乎平常的景物上找到了许多新鲜的艳丽。在她的灵魂中，有成千的思念错杂着，就好像是外面错杂着的太阳的光芒一样。她有一种空泛而难解的愉快的激动，这激动之包裹精神的存在就如云霞之包裹物质的存在一样。她的思考正好配合这单纯的山景，她心中的和谐也就和自然界的和谐相契合。

当太阳照到遮垂有厚叶而带有变化如鸽颈一般的颜色的“爱神之发”的墙上时，一道希望的天光就照耀着欧琴妮的将来。从此之后，欧琴妮就很高兴来瞧这一段墙壁，墙上的苍白的花朵，蓝色的小铃花，萎谢的枯草，而引起一个甜蜜的回忆，就好像童年的回忆一样。树枝上掉落下来的每一片树叶在这带有音乐性的庭院中所产生出来的声音都是给这少女心中的秘密的询问一个回答的；她可以整天的留在那里而不觉得时光的流逝。

然后在灵魂中就来了烦乱的激动。她常常站起来，跑到镜前，看一看自己，好像一个诚实的作家默默的阅读自己的著作，因而去批评、去咒骂自己一样。

“配他吗？我不够美！”

这是欧琴妮的思想，谦卑而满充着苦痛的思想。

这可怜的少女批评得并不公道，但是谦卑或恐惧确有爱情的第一个德性。欧琴妮确是属于那些类似小乡绅而有乡村美丽的强健的孩子们的一类；但是，纵使她有点像米罗的《维诺斯》（爱神），然而她的形态则是受了温柔的基督徒情绪的熏陶。这种情绪使这位女人贞洁，而给她一个特点，是古代雕刻家所不知道的。

她有一个宽阔的脑袋，男性的额头，然而却和裴地亚斯的《耶必达》（天神）一样的精致；她有灰黑的眼睛，在那里她的贞洁的生活整个的印出了一道润泽的光彩。前时新鲜而带玫瑰色的圆脸上的面纹被一个痘斑给弄粗了，虽然这痘斑相当的仁慈，不露出什么痕迹，总算是毁坏了她那类似天鹅绒的皮肤，然而这脸孔还是这么样的甜蜜，这么样的雅致，使她母亲的贞洁的接吻暂时在那里留下了一个鲜红的痕迹。她的鼻子略为大一点，可是却能够调和涂着铅丹的嘴，这只带有成千纹路的嘴唇是满充着爱情和德性的。颈部是圆圆的。圆形的上身很谨慎的盖上衣服，可以吸引人们的眼睛而起梦幻；当然，因为装饰的关系，她缺乏一些媚态，可是在知音者看来，这高大身材的不可屈性应当是一种美。所以，高大而强健的欧琴妮可以说并没有什么可以取悦一般群众的娇艳，然而她却是美丽的，不过她的美丽不容易让人知道，只有艺术家可以抓得住罢了。在世间上寻找和玛利亚那样天姿贞洁的典型的画家，在一切妇女界中探求拉发埃尔所想象的那样温和而骄傲的眼睛的画家，他们所画出的圣母像往往得一时错误的观念的结果，其实只有贞洁的女基督徒的生活才可以保存或获到这典型。热爱这样稀少模特儿的这个画家可以立刻到欧琴妮面貌上找到天生的贵质，是他所不知道的；他可以在沉静的额头上看到爱情的世界，在眼睛的侧面，眼睑的态度中找到说不出来的神圣性格。她的面纹，头部的轮廓，快乐的时候，既不会改变，也不会疲乏，就好像是远处平静的湖水上面层次分明的水平线。这种冷静，有颜色，用一个类似初开小花所有的微弱的光彩点缀着的姿态，可以使人灵魂平静，可以传达从那里反映出来的良心的美焕，可以吸引视线。

欧琴妮还是在满充着幼稚的幻想，用后来所不认识的快乐去采集菊花的生活的边沿。所以，她就一面照镜，一面自言自语，还不知道什么叫做爱情：

“我太丑了，他不会注意我……”

然后，她开了朝向扶梯的房门，伸长颈项去探听屋内的声响。

“他还没有起来。”她一面心里想，一面倾听着大拿囊的清晨的咳嗽，听她走来走去，打扫大厅，生火，链上狗，对殿中的牲畜说话。

于是，欧琴妮就下了扶梯，奔向大拿囊，她正在挤牛奶。

“拿囊，好拿囊，你就预备一些奶油给我堂弟冲咖啡罢。”

“但是，小姐，那是昨天就得弄才行的，”大拿囊说着，大笑而去，“我不会做奶油。您的堂弟很娇嫩，太娇嫩啦！真娇嫩呀！您还没有看见他穿黄金色的丝睡衣。我看见，我。他穿着细巧的衣服，就好像是神父穿的袈裟一样。”

“拿囊，那么给我们做点心好了。”

“那么，谁给我木头烧呀？谁给我面粉和牛油呀？”大拿囊说。这位葛兰德先生的首相，有的时候，在欧琴妮和她母亲的眼中是很重要的人物。“应当瞒着他偷东西请您的堂弟吗？问他要牛油，要面粉，要柴去，他是您的父亲，他能够给您一些。瞧，他下来查粮食来啦。”

欧琴妮躲在花园里，惊惧的听着扶梯在他父亲脚步之下的震动。她已经努力表现出她的知耻之心，这良心是我们的幸福之所在，能够使我们相信，也许不是没有道理的，我们的思想是雕刻在我们的额头之上，刺入他人的眼睛之中。眼看着家传住宅的寒酸，这位可怜的少女就觉得有种忧愤，因为她和高雅的堂弟，不能够相配和。她觉得有一个莫大的需要，去给他做些什么事：什么事呢？她一点儿也不知道。她很幼稚，很天真，她就让自己那天使一般的天性自然的流露，而不狐疑她的思想、她的情感。只此一见堂弟之面，她就在心中生出了许多女人所有的癖性，这些癖性更活泼的发展着，和她之到达二十三岁年龄一样的发展，她的智慧和欲望都已经到达最高峰了。

这是第一次她在心中感觉到她父亲面目的可憎，她看出他是她的命运的主人，相信对他隐藏一些话语是一种罪恶。她开始用快步来走路，很奇怪能够吸入一种更清鲜的空气，能够觉出更有生气的阳光，而从那里灌入了一个精神的热流，和一个新鲜的生命。

正当她想用巧计去弄到点心的时候，在大拿囊和葛兰德之间已经起了争执了，这争执之发生于他们之间就好像冬天的燕子那样的稀少。这位好好先生带了一大串钥匙下来，衡量当日所需要的粮食。

“昨天的面包还剩下没有？”他对大拿囊说。

“一点儿也没有了，先生。”

葛兰德拿出一大块圆面包，面粉散得很好，是用安如省中一般人拿来做面包的面包匣模型制出来的。正要去切的时候，大拿囊正好说：

“今天我们是五个人，先生。”

“这也说得对，”葛兰德答，“可是，你的面包有六磅重啊，还得剩下哩。并且，这些巴黎的年青人，你瞧吧，他们是不吃面包的。”

“那么，他们吃‘福利铺’吗？”大拿囊说。

在安如，“福利铺”是一个俗字，是指配合的食品；自涂在夹心面包上面的牛油，所谓最平常的福利铺起，一直到最珍贵的福利铺桃子酱止，通通包括在内。在小时候舐尝过福利铺就撇下面包的人都懂得这句话的意义。

“不，”葛兰德答，“他也不吃福利铺，也不吃面包。他们差不多就和将要出嫁的女孩子一样。”

最后，吝啬的吩咐了当日的菜目之后，这位好好先生就关了他的消耗柜，转过身来，朝着他的果子橱走，然而大拿囊却阻止了他，对他说：

“先生，给我一点儿面粉和牛油，我要给孩子们做点心。”

“是不是因为我的侄儿来，你就要抢劫我的家呢？”

“我想您侄儿并不在我想您的狗之上，也并不在您自己想他之上……您不是只给我拿六块糖吗？我要八块。”

“啊！这个！拿囊，我从来没有看见你这样过。你脑筋里到底怎么回事呀？你是这里的女主人吗？你只能够有六块糖。”

“好，那么，您的侄儿得用什么东西泡咖啡呢？”

“用两块糖；我不要糖，我自己。”

“您这么样的年纪，您不要糖！我宁可掏自己的腰包给您买些去。”

“我的事，跟你有什么相干！”

虽然糖的价钱很贱，但在木桶匠的眼睛里他总是殖民地的食品中之最宝贝的，在他看来，这糖每磅总值六佛郎。帝政时代非节用糖食不可的情况，已经变成他的一个不可磨灭的习惯。

一切的女人，就是最愚笨的，也知道用诡计来结束争执：大拿囊放弃了糖的问题而求得到点心。

“小姐，”她从十字窗这边喊过去，“您不是想吃点心吗？”

“不，不。”欧琴妮答。

“算了罢，拿囊，”葛兰德听见他女儿的声音，说，“好啦。”

他打开了盛面粉的柜子，给她量了一碗，然后又在他已经切好的牛油块上加了几两。

“还得有些柴烧哩。”难于和解的大拿囊说。

“好罢，你就拿个够好啦，”他很悲惨的答，“可是，你要给我们做一块果子饼，你要用这烤箱连着做晚饭，不必生两次火。”

“瞧，”大拿囊喊了起来，“这还用您说吗？”

葛兰德对他忠实的宰相投去一个差不多是父道的眼色。

“小姐，”这女厨叫了起来，“我们有点心了！”

葛兰德伯回来，带了他的果子，在厨房桌上排了一小碟的果子。

“喂，您瞧，先生，”大拿囊对他说，“瞧您侄儿的鞋，多好看啊！真好的皮，闻着多香！得用什么擦呢？要不要搅点您的鸡蛋蜡油呢？”

“拿囊，我想鸡蛋会弄毁这皮！并且，你告诉他你不知道怎样擦摩洛哥皮……对的，这是摩洛哥皮；他自己会到苏穆尔街上去买，给你带些特别擦他那种皮鞋的油来。我听说人家把糖装在鞋油里，使鞋擦得发亮。”

“那么，这不顶好吃吗？”女仆把鞋凑在鼻子上，一面说，“瞧！瞧！闻着好像香水！啊！这不太奇怪吗？”

“奇怪！”主人说，“你觉得把钱花在鞋上比穿鞋的人所有的钱还要多，不奇怪吗？”

“先生，”她对关好果子橱第二次回来的主人说，“您每星期是不是要做一两次坛子肉呢？因为您的……”

“是啊。”

“我得到肉店去啦。”

“不要，不要，你给我们做些鸡汤，农夫们不会让你歇工。不过我要告诉高尔诺瓦尔，叫他给我打几只乌鸦来。野味可以做出世界上最好吃的汤来。”

“先生，人家说这家伙吃死人，真的吗？”

“傻子，拿囊！他跟一切东西一样，找到什么就吃什么。我们不是靠死人活着吗？……什么叫做继承？”

葛兰德伯没有其他的命令可下，他就拿出表，看看还能够在吃早点前逍遥半个钟头，他就戴上帽子，来给他的女儿接吻，对她说：

“你要不要到罗瓦尔河畔我们的草场上去散步散步去呢？我要到那儿去做一点儿事。”

欧琴妮走去戴了她的草帽，有一层薄丝盖在上面的草帽，然后，父亲和女儿就走下了蜿蜒的街道，一直走到市场。

“您们这么早到那儿去？”古虑曹法律公证人路上遇见葛兰德，说。

“看一看去。”这位好好先生答，他不是不知道他的朋友早晨出门的目的。

当葛兰德伯去“看一看去”的时候，法律公证人的经验知道总可以跟他一块儿去得些什么东西。于是，他就陪着他走。

“来，古虑曹，”葛兰德对法律公证人说，“您是我的朋友，我要指给您看好好的在地上种起白杨树来的是多么傻……”

“那么，您从罗瓦尔草场上所取到的六万佛郎，在您算来就等于零吗？”古虑曹法律公证人一面睁着呆笨的眼睛，一面说，“您真的福气！……当人家在南特缺乏白柴的时候，您就砍伐您的树林，一棵卖了三十佛郎！”

欧琴妮听着，没有知道她已经走到一生最严重的关头，也没有知道这法律公证人要来对她发表父亲的专横的禁令。葛兰德走到了他所有的罗瓦尔河畔的草场，那里有三十个工人，忙着铲除、填满、锄平以前种植白杨树的地方。

“古虑曹公证人，您瞧一棵白杨树所占的地方。”他对法律公证人说，“约翰，”他叫一个工人，“用多瓦斯[①]来……来……来各方面……各方面的量！”

① 古法国量名，约一点九四九米。

“四面都是八尺。”工人量完回答说。

“三十二尺的损失，”葛兰德对古虑曹说，“这一行上我有三百棵的杨树，是不是？那么，三……三……三百乘三十……三十二尺要弄掉……掉……掉我五……五百刍秣；两边再加上两倍，就是一千五；中间的几排也一样。那么就算……算……算是三千扎的刍秣罢。”

“不错，”古虑曹帮着他的朋友说，“这种刍秣三千扎值一千八百佛郎左右。”

“就说……就说……就说二千佛郎罢，因为还有芟后又生的草值得三四百佛郎。那么，算……算……算算看每年二千佛郎，四十年之中……四十年之中，连本带利……带利……您知……知……知道要合……合……合多少。”

“算十万佛郎罢。”法律公证人说。

“我这么想！这……这……这只是十万佛郎，好，”这葡萄种植人接着说，这一次却没有口吃，“二千五百棵白杨树并不给我生产七万五千佛郎。这里头有损失。我已经看出来了，我！”葛兰德张牙舞爪的说。“约翰，”他又接着说，“填平空洞罢，就是罗瓦尔那边的不必填，你就把我买来的白杨树种在那边罢，把他们种在河里，就是政府给拿养钱。”他加上一句话说，一面转过身来，朝着古虑曹，又在鼻子的肉瘤上发表出了一个极轻微的动作，最嘲讥的微笑。

“这是很明显的：白杨树只能够种在衰瘠的土地上。”古虑曹说。他被葛兰德的计算给愣呆了。

“是——是的，先生。”木桶匠嘲笑的回答。

欧琴妮望着罗瓦尔河的卓绝的风景，没有听见她的父亲的计算；但是她却远远的侧耳听见古虑曹先生对他的主顾所说的话：

“喂，您从巴黎招了一位女婿来啦；全苏穆尔的人都只谈论您的侄儿。我马上就得给您写一张契约了，是不是，葛兰德伯?”

“您……您这么早……这么早出……出来就是为……为着告诉我这个呀!”葛兰德接着说，一面动一动他的肉瘤，“好啦，老……老……老朋友，我很坦白，我告诉您您……您所要……所要知道……知道的。我宁可，您看，把我的女儿……女儿扔……扔在罗瓦尔河中，绝不把她嫁……嫁给她的……她的堂弟：您可以……可以宣布这句话。但是不，不要紧，就让人家去吵闹去罢。”

这个回答使欧琴妮头晕目眩。为她而开始在她心中萌芽的悠远的希望忽然繁盛、长大，而结成一束鲜花，但是她却看着这鲜花被人剪下，横卧在地上了。从昨夜起，她已经用一切幸福的连锁把她归队给查礼，这连锁已经把他们的灵魂系在一起；从此之后，只有痛苦来填补这灵魂了。在这位女人的高贵的命运之中，难道受悲惨空气的喷触不是比受幸运光彩的投射来得更多吗？慈父的感情怎么能够在她父亲的心中熄灭了呢？查礼到底是犯了什么罪状呢？这些都是神秘的问题！她那个刚生长的爱情已经是很神秘的了，现在又包上一层的神秘。回来的时候，她的腿战栗着，当她走到这条在她看来非常快乐的古老而黯淡的街道时，她觉得已经变成悲苦的了，她也就在那里呼吸着时间和景物在这街上所涂印下来的凄凉的空气。没有一篇爱情的功课，她没有念过。

在公馆前几步，她赶到父亲的前头，敲门之后，就在那儿等他。可是，看见法律公证人手中拿着一份还未翻开的日报的葛兰德却对他说：

“公债怎么样?”

“您不听我的话，葛兰德，”古虑曹回答他，“快点买，两年之内还可以赚得百分之二十，并且还有很好的利息，在八万佛郎之中可以得到五千佛郎的利息。债券是八十个佛郎五十参丁的价码。”

“我们以后再瞧瞧看。”葛兰德一面回答，一面摸擦他的额部。

“我的天哪!”法律公证人翻开他的日报，说。

“哎，什么?”当古虑曹拿日报放在葛兰德眼前，对他说“念这一篇文章罢”的时候，葛兰德喊了起来。

“巴黎最有名的一个商人葛兰德先生昨日照例在交易所出现之后，以手枪打击脑门自杀。他曾给众议院院长递进辞呈，同时也辞去了商业法庭审判官之职。他的经纪人罗甘先生和他的法律公证人苏赤先生把他毁了。葛兰德先生之地位和他的信用无疑的可以在巴黎市场中找到援助。惜乎这位可敬的人物却在失望的第一时刻中即行自杀云云。”

“我早就知道了。”老葡萄种植人对他的法律公证人说。

这句话使古虑曹毛发悚然，虽然他有当公证人的镇静的性格；他想到巴黎的葛兰德一定曾经无望的恳求过苏穆尔的葛兰德几百万，不禁背上发冷。

“那么，他的儿子，昨天那么高兴的儿子呢?”

“他一点儿也还不知道。”葛兰德用同样的冷静的态度答。

“再见，葛兰德先生。”古虑曹说。他明白了一切就跑去告慰彭风院长。

回到家里，葛兰德发现早点已经预备好了。葛兰德夫人已经坐在高脚的椅子上，编织冬天的衣袖。欧琴妮跳上抱住母亲的颈项，用心所流出的剧烈的情感来吻她。这情感可以使我们生出隐蔽的悲哀。

“你们可以先吃了，”从扶梯上四层做一步跑下来的大拿囊说，“孩子睡得和天使一样。他真可爱，两个眼睛闭着！我跑进去了，我叫过他。啊，真的！简直没有人应。”

“让他睡罢，”葛兰德说，“今天他要听不好的消息，无论什么时候起来，总是太早的。”

“什么事情呀?”欧琴妮把这位好好先生花了冤时间切好的两块不知道有多少重的糖放在自己的咖啡里，一面问。

葛兰德夫人不敢发这种问题，她只瞅着她的丈夫。

“他的父亲用手枪打着脑门自杀了。”

“我的叔叔！……”欧琴妮说。

“这可怜的年青人!”葛兰德夫人叫了起来。

“是的，可怜得很，”葛兰德接着说，“他连一个子儿也没有。”

“哎！他就睡得和地上的君王一样!”大拿囊用温和的声调说。

欧琴妮不吃东西了。她的心紧缩着，正如一位女人被情人的不幸所刺激而全身充溢着血液时心脏的紧缩一样。可怜的少女哭了。

“你还不认识你叔叔，你哭什么?”她的父亲对她说，给她投来饿虎一般的眼色，无疑的也就是他投视金堆时所有的眼色。

“但是，先生，”女仆说，“谁不怜悯这位睡在鼓子里还不知道自己命运的可怜的年青人呢？谁不感动呢?”

“我没有跟你说话，拿囊，当心你的舌头。”

欧琴妮知道一位讲爱情的女人总得隐蔽她的情感。她一声不响。

“我希望在我没有回来之前，你们什么也不要告诉他，葛兰德夫人，”老人继续着说，“我得叫人收拾我的草场上靠路的那条沟子。中午我就回来吃中饭，我再跟我侄儿谈谈他的事。——至于你，欧琴妮小姐，如果你是为这个花花公子哭，这已经够了，我的孩子。他马上就得到那广大的印度诸地去，你再也见不到他……”

父亲从帽缘取出手套，用平日所有的冷静戴上，一个指头一个指头的套得妥当，随后就出去了。

“啊！妈妈，我心里窒息得很!”当她一个人和她母亲留在那里的时候，欧琴妮叫了起来，“我从来没有这样难受过。”

葛兰德夫人看见女儿脸色发白，就开了十字窗，让她呼吸新鲜的空气。

“我好一点啦。”过了一会儿，欧琴妮说。

这种富有神经质的情感表现在表面上一向都是很镇静很冷淡的性格上，使葛兰德夫人起了反应。她用一切母亲所赋有的温柔的直觉的同情来看她的女儿，她猜透了一切。然而，事实上，生来彼此交爱的著名的匈牙利姐妹也比不上欧琴妮和她母亲那样的亲密；这母女两人向来是两个人一同在这窗口，一同上礼拜堂，在同一的空气中睡觉的。

“我可怜的孩子！”葛兰德夫人一面说，一面抱住欧琴妮的头，把它靠在她的怀中。

听了这句话，欧琴妮重新仰起头来，用眼光去询问她的母亲，一面细考隐蔽的思念，对她说：

“为什么要把他送到印度诸地去呢？如果他是不幸的话，难道就不应该留他在这儿吗？他不是我们最近的亲人吗？”

“是啊，孩子，这很自然；不过你父亲也有他的理由，我们应当尊重。”

母女二人沉默的坐着，一个坐在她的高脚椅上，一个坐在她的小靠椅中；两个人都重新开始她们的活计。因为感谢她母亲给她表现的伟大的心田，欧琴妮吻了她的手，对她说：

“你真好，妈妈！”这句话使老母亲的脸上发出光彩，这被悠长的痛苦所萎谢了的脸孔。

“你觉得他好吗？”欧琴妮问。

葛兰德夫人只用微笑回答；然后，在一阵的寂寞之后，她就轻声的说：

“你已经爱上他了吗？那，不好。”

“不好?”欧琴妮接着说，“为什么呢?你喜欢他，拿囊喜欢他，为什么我就不喜欢他呢?瞧，妈妈，我们摆桌子，让他吃早点罢。”

她放下针线；母亲也跟着放下，对她说：

“你疯啦!”

然而她却喜欢赞成女儿的疯狂，同时也与之合作了。

欧琴妮叫大拿囊。

“您还要什么，小姐?”

“拿囊，中午你有奶油吗?”

“啊！中午，有的。”老女仆答。

“好罢，给他一些浓咖啡，国拉桑先生告诉我巴黎的咖啡很浓。多给他一点。”

“那么，您要我到哪儿去拿呢?”

“去买去。”

“如果碰着先生呢?”

“他忙着他的草场。”

“我跑着去。可是，费沙老板给我蜡烛时，已经问过，是不是三位东方的君王来到我们家里。全城的人都会知道我们所做的事儿。”

“要是你父亲瞧出什么东西，”葛兰德夫人说，“说不定他要打我们哩。”

“好，他打我们，我们就跪着让他打好啦。”

葛兰德夫人仰起眼睛看着天空，这就算回答。大拿囊戴上帽子，出去了。

欧琴妮脱下白色的衣服，跑到仓库里去找一些葡萄，是她好玩把它们用绳子挂在顶棚上的；她轻轻的沿着廊子走，只怕惊醒了她的堂弟，然而却免不了伏在门上去听听堂弟嘴唇间所发出的一样长短的呼吸声。

“这不幸的人，他睡着的时候就像醒的时候似的。”她心里说。

她拿了一些绿绿的葡萄叶，跟一位老练的茶房头似的，把葡萄整整齐齐的堆起来，很得意的摆在一张桌子上。在厨房里，她偷了父亲数过的梨，把他和金字塔一样的摆在葡萄叶中。她忙过来，忙过去，跑着，跳着。她恨不得把父亲家里一切的东西都搬出来，然而她的父亲却带走一切的钥匙。大拿囊拿着两个鲜鸡蛋回来了。看见了这两个鸡蛋，欧琴妮真想跳上去抱住她的颈。

“兰德的农夫筐里带些鸡蛋，我问他要，他就给我，要讨我的欢心，真是好人啦!”

整整忙了两个钟头，在这两个钟头之中欧琴妮总有二十次离开她的活计，走去煮咖啡，去听她堂弟的起床的动静。她总算是预备好了一份非常简单而不多花钱的早点，可是这已经是大大的违反了家庭的习惯。在他们家里，中饭是站着吃的。每一个人都有一些面包，一个果子或是一些牛油，和一杯葡萄酒。眼看着放在壁炉旁边的桌子，放在他堂弟的食具前面的那张靠椅，眼看着两碟的果子，煮鸡蛋的小杯，那瓶白葡萄酒，面包和堆在茶托里头的糖，欧琴妮不禁四肢发抖，心里想：如果这时候她的父亲回来了，他要给她的何等的眼色啊！因此，她就常常瞅钟，算一算他的堂弟是不是能够在父亲回来之前吃早点。

“冷静一点儿罢，欧琴妮；如果你父亲回来，你就把一切都推在我的身上好啦。”葛兰德夫人说。

欧琴妮不禁泪下。

“哦！亲爱的母亲哟!”她喊道，“我爱你还爱得不够哩!”

在房子里一边唱着一边绕了一千个来回之后，查礼终于下楼来了。幸而还没有十一点钟。他装饰得非常的漂亮，正如他在那位在苏格兰旅行的贵妇的别宫里一模一样的装饰。他和悦的笑着进来，这种态度很适合于一个年青人，引起了欧琴妮的悲惨的快乐。他把他在安如别宫的失败当做一种开玩笑，很快乐的走近他的伯母。

“您夜里睡得好吗，亲爱的伯母？您呢，我的堂姐？”

“很好，先生，可是您呢？”葛兰德夫人说。

“我嘛，好极了。”

“你一定饿了，我的堂弟，”欧琴妮说，“上桌吃饭罢。”

“可是我从来就没有在十二点之前吃饭的，我是正午起来的。不过，我在路上过得不舒服，我就随便吃好啦。况且……”

他拿出了柏勒格公司制造的极精巧的平怀表。

“哎，可是现在只有十一点钟，我起早啦。”

“起早啦？”葛兰德夫人说。

“是啦，可是我得理东西。好的，我很想吃点什么，随便一点儿什么，一只鸡，一只鹧鸪，都可以。”

“我的圣母呀！”大拿囊听见这些话，叫了起来。

“一只鹧鸪。”欧琴妮在心里说，她很想把她所有的钱都拿出来去买一只鹧鸪。

“请您坐下罢。”他的伯母对他说。

花花公子很随便的坐在靠椅上，好像一位娇艳的女人躺在沙发椅上一样。欧琴妮和她的母亲拿着椅子，坐在他的旁边，壁炉的前面。

“你们总是住在这里吗？”查礼发现白天的大厅比灯光之下的大厅还要来得难看，就对她们说。

“总是住在这里，”欧琴妮瞧着他说，“除非收成葡萄的时节。那时候，我们就去帮忙拿囊，住在诺耶尔修道院里。”

“你们向来不出去散步吗？”

“有的时候，星期日夜会之后，如果天气好的话，”葛兰德夫人说，“我们就到桥上去走走，人们刈割刍秣的时候，我们就去瞧瞧。”

“你们这里有戏院吗？”

“去看戏！”葛兰德夫人喊道，“去看戏子！可是，先生，您不知道这是致命的罪恶吗？”

“拿去罢，亲爱的先生，”大拿囊端了鸡蛋来，说，“我们要请您吃带壳的小鸡儿。”

“哦！鲜鸡蛋！”查礼说，和那些惯于奢华的人一样，他已经不再想他的鹧鸪了，“可是真美啊！您有牛油吗，亲爱的孩子？”

“啊！牛油！那么，您不要点心吗？”女仆说。

“给点牛油罢，拿囊！”欧琴妮喊着说。

这年青的少女细察着她的堂弟切开面包而觉得愉快，这正如巴黎最富感觉性的娇艳女工看见表演纯洁无罪的人占了胜利的悲剧时所生的快感一样。真的，查礼是由一位雅致的母亲养育大的，是由一位时髦的女人教导成的，他总有一些潇洒的、高雅的、精细的举动，就像一位小小的女主妇一样。少女的娇嫩，少女的温柔有一种真正磁石一般的吸引力。所以当查礼觉得自己是堂姐和伯母的注意对象的时候，他不能够避免浸润他的那种种情意的影响了。他对欧琴妮投去一道善意和抚爱的光耀的视线，一种类似微笑的视线。他默默的瞅了一下欧琴妮，看出那一副贞洁的脸孔的调和的轮廓，她那天真的态度，她眼睛的不可思议的光辉闪烁着年青人的热爱的冥思，然而没有表露逸乐的欲望。

“真的，我亲爱的堂姐，如果您盛装丽服坐在国立音乐院的包厢里，我可以给您担保我伯母所说的话是有道理的，您一定会使许多男子羡慕，会使许多女人嫉妒，甚至于都犯了罪。”

这赞美紧逼着欧琴妮的心，使她惊喜，虽然她一点儿也不懂得这句话的意义。

“啊！我的堂弟，您要给一位可怜的外省小姑娘开玩笑啦。”

“如果您认识我，我的堂姐，您就知道我是最讨厌嘲笑的：嘲笑可以萎谢人的心，可以使人的情感冰冷。”

他非常惬意的吞下那块涂上牛油的面包。

“不，大约因为我还没有多大的聪明让我嘲笑人家，这种缺点并且曾经给我弄下许多错误。在巴黎，人家可以说一声‘他有一个好心肠’，其实是要捉弄人。这句话的意思就是：‘这个可怜的孩子简直真和犀牛一样的笨。’可是，因为我很有钱，我能够拿各种手枪，在三十步之外，广场之中，一打就打中一个木偶人，所以嘲笑对我就客气了。”

“您所说的话，我的侄儿，可以证明您是好心肠的。”

“您带一个很好看的戒指，”欧琴妮说，“让我瞧一瞧，好不好？”

查礼伸出手，脱下他的戒指。欧琴妮轻轻的摸触着堂弟的玫瑰色的指甲，不禁飞红了脸。

“瞧，母亲，这么美的玩意儿！”

“啊！那么大块的金子！”大拿囊端着咖啡过来，说道。

“这是什么东西？”查礼笑着问。

他指着一个带着灰色边的油着黄褐色的釉子的长方形的烧泥壶，中间沸腾着咖啡，涌上来又落下去。

“这是翻滚的咖啡。”大拿囊说。

“啊！亲爱的伯母，我来这里作一次客，至少可以留下一些好处给您们。你们太落伍了！我教你们用沙达尔咖啡壶煮咖啡罢。”

他就努力解释用沙达尔咖啡壶做咖啡的方法。

“好家伙！如果都那么做，”大拿囊说，“不是得做一辈子吗？我绝不这样煮咖啡。啊，真的！要是这么干，我煮咖啡的时候，谁给我拿草喂牛呢？”

“我拿草喂牛。”欧琴妮说。

“孩子！”葛兰德夫人瞧着女儿说。

这句话使大家想起集中这位不幸的年青人的身上的悲哀，这三位女人都缄口无言了，她们都用怜悯的神色默默的瞅着他，给他一个打击。

“您怎么啦，堂姐？”

“哧！”葛兰德夫人对将要开口回答的欧琴妮说，“你知道，我的女儿，你父亲会告诉先生的……”

“你们叫我查礼好啦。”年青的葛兰德说。

“啊！您名叫查礼吗？这是个好名字。”欧琴妮叫着说。

差不多到处都是不幸的预兆。战战兢兢，只怕老木桶匠回来的大拿囊、葛兰德夫人和欧琴妮忽然听到铜锤的响音，这是她们所熟识的。

“爸爸回来了！”欧琴妮说。

她撤去了盛糖的茶托，拿几块糖放在台布上。大拿囊拿走了盛鸡蛋的盘子。葛兰德夫人整肃的站着，好像是受惊的牝鹿。这是一个突然的恐怖；查礼大为惊愕，莫名其妙。

“你们怎么回事啦？”他问她们。

“是我父亲回来了！”

“那么？”

葛兰德先生进来，向桌上和查礼投去一个清亮的眼色；他明白了一切。

“啊！啊！你们给我侄儿做生日啦，好，很好，非常的好！”他说着，没有口吃。“当猫在屋顶上跑走的时候，老鼠就在地板上跳舞啦！”

“做生日？”查礼心里说，没有法子想象这家庭的规矩和习惯。

“给我拿一个杯子来，拿囊。”这好好先生说。

欧琴妮拿了杯子来。葛兰德从裤袋里取出一把宽阔的骨刀，切开果子饼，取了些牛油，小心的涂上，就站着吃。正在这时候，查礼拿糖泡咖啡。葛兰德瞧见糖，细细的端详着他那脸色发白的妻子，走了三步。他就朝着这位可怜的老太婆的耳边，对她说：

“你们从哪儿弄到这些糖呀？”

“拿囊跑到费沙铺里去买来的，家里一点儿也没有了。”

我们很难形容这一幕哑剧对于这三位女人所有的深刻的关心，因为大拿囊已经离开了厨房到大厅来瞧瞧到底有什么事情发生。

查礼尝了尝咖啡，觉得太苦，他找糖，然而糖已经让葛兰德吃下了。

“你要什么，我的侄儿？”好好先生问他。

“糖。”

“倒上一点儿牛奶，”家长回答，“你的咖啡就甜了。”

欧琴妮又拿来盛糖的茶托，放在桌子上，一面冷静的偷看着她的父亲。巴黎的女人因为要让情人便于逃走，就用她那纤细的手臂支持住丝制的绳梯，但是，真的，她还没有欧琴妮重新把糖放在桌子上所有的勇气大。巴黎女人的情人可以报答她，让她骄傲的给他伸出一只受伤的手臂叫他欣赏，这手臂的每一条枯萎的脉管都要被热泪和蜜吻所浸浴，被快乐的情感所治愈，然而查礼却一点儿也不知道堂姐的心灵是被老木桶匠的眼色所震骇所深刻烦扰而被破碎了的。

“你不吃吗，我的太太？”

这可怜的奴隶走上前来，悲恻的切了一片面包，拿了一只梨。欧琴妮大胆的给她父亲献过葡萄，对他说：

“尝一尝我的体己葡萄罢，爸爸！——堂弟，你也想吃，是不是？这是我给你跑去找来的好葡萄。”

“啊！如果不禁止，她们一定要把全苏穆尔的东西都抢来给你，我的侄儿。吃完饭，咱们一块儿到花园里去走走罢，我有一些惨痛的话告诉你。”

欧琴妮和她母亲都给查礼送去一道视线，这视线的表情是这位年青人所了解的。

“这些话是什么意思呢，我的伯父？自从我可怜的母亲死了之后（说到‘可怜的母亲’时，他的声音发软了），我已经不会再有什么不幸了。”

“谁晓得上帝要试探我们的哪些苦难呢？”他的伯母说。

“哒，哒，哒，哒！”葛兰德说，“傻事来了我的侄儿，我看见你那双雪白的手，我是很悲痛的。”

他拿给他看他那类似羊肩的手，这是上天给他插在他的臂头的。

“这才是特别生来采集金钱的手！你的脚是生长在制造装钞票的票夹用的嫩皮里。坏！坏透了！”

“您是什么意思呢，伯父？如果我懂得您一句话，我就是吊死鬼。”

“你来。”葛兰德说。

守财奴把他的刀子卡刺一下关上了，喝了剩下的白葡萄酒，开了门。

“我的堂弟，勇敢一点儿！”

少女的声调使查礼发冷，他随着可怕的亲人，全身蒙蔽在极大的不安里。

欧琴妮和她的母亲跟大拿囊来到厨房里，她们都被一种不可克服的好奇的激动去侦察将要在潮湿的小花园中扮演的两个角色。在那里，伯父最初是冷静的和他的侄儿一块儿走路。

葛兰德并不觉得有什么困难去告诉查礼他父亲的死讯，然而他却觉得让他知道一个钱也没有则是极可哀怜的。于是乎，他就在思索一句温和的话语来告诉他这个残忍的事实。

“你丢了父亲了！”这句话毫无意义。父亲们总比儿子们早死。然而，“你连一个钱也没有了！”这句话包括一切地上的不幸。好好先生在中间那一条花径中绕了第三次。沙砾在他脚下沙沙作响。

生活发生大变故的时候，我们的灵魂总是和环境非常紧密的联结着的，这环境的快乐和悲哀都溶化在我们的身上。所以，查礼就用特别的注意力来细察这小花园之中的声响，凋落的枯萎的树叶，倒毁的墙壁，奇形怪状的果树，这由感情支持的联想永远刻入记忆的景物。

“天气很暖，暖极了。”葛兰德呼出一口大气，说。

“是的，我的伯父……可是为什么？……”

“哎，我的孩子，”伯父接着说，“我有不好的消息告诉你。你父亲不好了……”

“那我为什么要留在这里？”查礼说，“拿囊，”他叫，“给我叫驿马来！我想在这乡村里一定可以找到一辆车。”他转过面来对他的伯父加上这一句说。他的伯父却正愣在那里，一动也不动的。

“车也罢，马也罢，通通是没有用的了。”葛兰德回答。

查礼缄口无言，面色发白，他的眼睛变成呆定。

“是的，可怜的孩子，你猜罢。他死了。然而这还不算。还有更惨的事情，他是用手枪打着脑门自杀的……”

“我的父亲！……”

“是的。这还不要紧。报纸上还有批评，好像他们有批评的权利似的，你拿去念一念罢。”

葛兰德是从古虑曹处借来这日报的，他就把关于这不幸的一段记载放在查礼的眼前。

这时候，这一位还是小孩子，还在感情容易素朴流露的年龄的年青人，他就涕泪横流了。

“好啦，”葛兰德心里想，“他的眼睛使我恐惧。他哭了，这算逃掉了。”他又接着高声的说，不管查礼听不听：“这还不算什么要紧，我的可怜的侄儿，这还不算什么要紧，你可以安慰你自己；但是……”

“绝不会！绝不会！我的父亲！我的父亲！”

“他把你毁了，你一个钱也没有了。”

“钱有什么用？我父亲在哪儿？……我父亲！”

痛哭和呜咽的声音可怕的回响在墙壁之间，互相结成回音。三个被恻隐之心所激动的女人也哭了：眼泪和欢笑一样的可以传染。查礼不再听他伯父的话，跑到庭院中，找到扶梯，走上自己的房子里，横卧在自己的床上，把脸孔蒙在被窝里，想要离开亲人，痛痛快快的哭上一场。

“应当让这第一阵暴雨过去。”葛兰德一面说，一面走进大厅。他看见欧琴妮和她的母亲立刻坐在原来的地位，拭干眼泪，又用战抖的手开始做活计，“然而，这个年青人是一点儿用处也没有的，他关心死者比关心钱还要厉害。”

欧琴妮听见父亲对于这最纯洁的苦痛所表示的意思，不禁毛发悚然。从这时候起，她开始批判她的父亲。虽然查礼的哭声已经微弱，可是他的呜咽仍然在房子里回响着，他那种深沉的怨叹好像是从地底下出来似的，渐渐的消微下去；一直等到晚间，才算停止了。

“可怜的年青人！”葛兰德夫人说。

这是悲惨的叹息！葛兰德伯瞧着他的妻子、欧琴妮和糖罐；他回想着给这不幸的亲人预备的特殊的早点，挺立在大厅的中央。

“啊，这个！我告诉你，”他用平日的镇静说，“我希望你不要再继续浪费，葛兰德夫人。我并不是把‘我’的钱给你们，让你们买糖给这位可笑的年青人吃。”

葛兰德是从古虑曹处借来这日报的，他就把关于这不幸的一段记载放在查礼的眼前。

“那不干母亲的事，”欧琴妮说，“是我……”

“是不是因为你的年纪大了，”葛兰德接着质问他的女儿，“你就要反对我呢？你想想，欧琴妮……”

“父亲，您弟弟的儿子不应当在您家里缺乏……”

“哒，哒，哒，哒！”木桶匠连续的唱出这四个音阶，“这里一个我的弟弟，那里一个我的侄儿。查礼对我们一点儿用处也没有，他一个钱也没有；他的父亲破产了；并且这花花花公子哭够了之后，他就得滚蛋，我不愿意他把我家里弄得乱七八糟的。”

“父亲，什么叫做破产？”欧琴妮问。

“破产，”父亲接着说，“破产就是做了一桩一个人所能做到的最不名誉的事体。”

“这一定是一件很大的罪过，”葛兰德夫人说，“我们的弟弟怕要落地狱了罢。”

“算了罢，你们又念经来了。”他耸着肩膀，对他的妻子说。“破产，欧琴妮，”他接着说，“破产就是一种盗窃，不幸，他是法律所禁止的。许多人把收成都交给葛兰德·威廉，因为他有忠实的名誉，廉洁的声望，然而他收了之后却只给他们留下两只哭泣的眼睛。截路抢劫的大盗比之破产还要好：他打你，你还可以自卫，他是用脑袋来交换的；但是，破产……总之，查礼是不光荣的。”

这些话回响在可怜的少女心中，以一切的重量压着她的心。贞洁得和深林之中初生的一朵嫩花一样，她不知道人世的格言，也不知道迷人的推理或诡辩，所以，她就接受了父亲对于破产的残酷的解释，没有分别被迫的破产和有计算的破产两者之间的不同。

“那么，父亲，你就没有能够防止这种不幸吗？”

“我弟弟没有问过我，何况他短了四百万的债务哩。”

“什么叫做一百万，我的父亲?”她天真烂漫的问，好像小孩子总以为能够立刻得到他所需要的东西一样。

“一百万吗?”葛兰德说，“这是一百万个值得二十苏的货币，五个二十苏才凑成五个佛郎哩。”

“好家伙！好家伙!”欧琴妮喊道，“我叔父怎么有四百万呢?法兰西全国还有别人能够有这么多钱吗?”

葛兰德摸抚着自己的额部，微微的笑着，他的肉瘤子好像要膨胀起来。

“可是，我堂弟查礼要怎么办呢?”

“他要到广大的印度诸地去，在那里，他可以依照他父亲的愿望，努力找他的钱去。”

“可是他有钱到那里去吗?”

“我可以给他出路费……直到南特的旅费。”

欧琴妮一跃跳上，抱住他父亲的颈项。

“啊！父亲，您真是好人，您!”

她给她父亲接吻，接吻得几乎使葛兰德受着良心的窘迫，觉得惭愧。

“积成一百万是不是需要很多的时间?”她问他。

“小姐，”木桶匠说，“你知道什么叫做一个拿破仑[①]；得有五万拿破仑才能够凑成一百万哩。”

“妈妈，我们得给他念《九日经》。”

“我也想到这个。”母亲答。

“又来了，总是想花钱!”父亲叫着说，“你们以为这里有成千成百的吗?”

正在这个时候，仓库那边传来一声微弱的呻吟，吓得欧琴妮

① 也是法国的币名，上面刻有拿破仑的像。

和她的母亲只管发抖。

“拿囊，你上去看看去，是不是他在上面自杀啦!”葛兰德说。“哎，哎!”他接着朝过脸来对他的妻子和他的女儿说，“他的声音就使你们发白，你们两个，这不傻吗？你们留在这儿好啦，我要出去跟荷兰人周旋去，他们今日就要走。然后，我还要瞧古虑曹去，跟他谈谈这些事儿。”

他走了。葛兰德一拉开了门，欧琴妮和她的母亲，就自由的呼吸了。早晨以前，这位少女从来没有在她的父亲面前感觉过缚束；但是，这几小时以来，她却每分钟都在变化她的情感、她的思想。

“妈妈，一桶葡萄酒可以卖多少钱呢？”

“我听说你父亲每桶葡萄酒卖一百至一百五十佛郎，有的时候，甚至于卖到二百。”

“如果他收获到四百桶葡萄酒呢？”

“真的，我的孩子，我不知道这会有多少，你父亲向来不告诉我他的事情。”

“那么，爸爸一定很富啦。”

“也许。但是古虑曹先生告诉我他曾经在两年以前买了福罗瓦风侯爵封地。这把他弄得手头很紧。”

欧琴妮一点儿也不知道她父亲的财富，她就停止了她的计算。

“他连瞅都不瞅我，这个小玩意儿!”大拿囊回来说，“他就像一只小牛犊似的躺在床上，哭得跟马德莲一般，真是天上掉下来的！这位可怜的文雅的年青人，他到底是怎么样的伤心呢？”

“我们赶快安慰他去罢，妈妈。有人敲门，我们再下来好啦。”

葛兰德夫人不能够抵抗女儿的温和的声音。欧琴妮是端庄的，她是真正的女人!

母女两个人带着跳悸的心房，登楼走到查礼的房子。门是开着的。年青人什么也看不见，什么也听不见。他浸沉在眼泪之中，发出不清不楚的哀鸣。

“他真是爱他的父亲啊！”欧琴妮低声的说。

从这句话的抑扬中，不难看出一颗不知不觉中被热情所燃烧的心灵的各种希望。葛兰德夫人于是就对她的女儿投射出一道充满着母爱的视线，然后就低声的朝着她的耳朵说：

“当心呀，你要爱上他啦。”

“爱他！”欧琴妮接着说，“啊！你知道父亲说过些什么话！”

查礼转过身来，看见他的伯母和他的堂姐。

“我失掉了我的父亲，我可怜的父亲！如果他告诉了我他的不幸的秘密，我们两个人可以一同工作来补救。天哪，我的好父亲！我满以为还能够看见他，我觉得跟他接吻得太冷淡了……”

欷歔切断了他的话语。

“我们要好好的替他祈祷，”葛兰德夫人说，“为着依照上帝的意旨，请您忍耐罢。”

“我的堂弟，”欧琴妮说，“勇敢一点儿！您的损失是无法补救的：现在只好想方法来保全您的名誉……”

用着对于一切东西都有机智的女性的本能和细心，虽然是在安慰人家，欧琴妮却想从她对于堂弟本人的关怀当中使他忘记了他的痛苦。

“我的名誉！”年青人叫了起来，用突然的动作把头发打开。

然后他就坐在床上，叉着手臂。

“啊！没有错，我的伯父说过，我的父亲破产了。”

他用破碎的声音喊叫，把脸孔隐蔽在手中。

“让我去罢，我的堂姐，让我去罢！上帝啊！上帝啊！赦宥我的父亲罢！他已经很痛苦过。”

这位痛苦的年青人所说的话都是真实的，没有计算的，没有后虑的，这些话语联结有可怕的成分。查礼请求她们让他一个人留在房子里，这时候欧琴妮和她的母亲的单纯的心田了解到这是纯真的痛苦。她们下楼去了，一声不响的重新搬来她们的座位，坐在十字窗的旁边；她们工作了差不多一个钟头，彼此不发一语。欧琴妮偷偷的窃视这位年青人的随身物品（少女们的这种窃视往往可以一目了然的看出一切），她看见那些细致的梳妆具、剪子和金剃刀。痛苦景况中所看到的这种违景的奢华使她越加觉得查礼的可爱，这也许是反照的结果。没有一个惨痛的事体，没有一个类似演戏的景象能够这样的打击这两个人的想象；她们继续的沉没在冷静和孤独的心境之中。

“妈妈，”欧琴妮说，“我们得给叔叔挂孝。”

“你父亲会决定的。”葛兰德夫人答。

她又重新缄默无言。欧琴妮非常有规划的一针一针的缝着。这可以使一个观察家看出她在沉默之中是有很多的思念的。这位值得钦佩的少女的第一个欲望，就是要分担她的堂弟的悲痛。

快到四点钟的时候，一个突如其来的铜锤声回响在葛兰德夫人的心中。

“你父亲怎么啦?”她对她女儿说。

这位葡萄种植人很高兴的进来。脱去了手套之后，他就狠命的摩擦着他的双手，这样的擦法，只有像硝皮一般的皮肤才可以受得住。他的手皮热得和俄罗斯的皮革一样，只是没有松脂和香料的气味。他踱来踱去，看看天气。最后，他就泄露了他的秘密。

“我的太太，”他一点儿也不口吃的说，“我已经把他们套上了。我的葡萄酒卖掉啦！荷兰人和比利时人今天早晨走了，我刚才在市场上散步，走过他们的旅馆，装做愚笨的样子。那种东西，你是认识的，是到我这里来了。一切好葡萄园的主人都把收成存起来，希望再等时机；我并没有阻止他们。我们的比利时人失望了。我看准这一点。事情弄好了，他买我们的收成，一桶二百佛郎，一半是现金，而且是用金币付款的。期票也弄好了。这是给你的六个路易。三个月之内，酒价一定会跌落的。”

这最后一句话是用平静的语调说出来的，然而却是深刻的讥笑。这句话如果让这时候正好聚集在市场上而被葛兰德售卖葡萄酒的消息驱走的苏穆尔人听见的话，一定会激起公愤的。突然的恐惧会使酒价跌落百分之五十。

“今年您有一千桶，是不是，我的父亲?”欧琴妮说。

“是的，女——女儿。”

这顺话是老木桶匠快乐时的极致表达词。

“这可以弄到二十万个二十苏的钱币，是不是?”

“是的，葛兰德小姐。”

“好，父亲，那么，您可以很容易的救助查礼了。”

巴尔特哈沙看到墙壁上所写的怪字 Mané Thécel Pharès（上帝算定你在位的日子，你身体太轻，你的王国将要被瓜分）[①] 的时候所有的惊异，愤怒纷乱也不能够和葛兰德这时候的冷酷的气愤相比拟。葛兰德已经不再想到他的侄儿，然而他的侄儿却存在于他女儿的心房和她的计算之中了。

“啊，你看！自从这位花花公子脚步踏进我的家门以来，一切都反了。你们好像要买糖渍杏子来办喜酒似的。我不要这些东西。我这么大年纪了，我知道应当怎样的立身处世，也许！况且我也不需要我女儿的教导，或是向任何人领教。我会给我侄儿做些适宜的事情，你们用不着摄鼻子——至于你，欧琴妮，”他转过脸来

① 巴乃巴比仑最后国王的儿子。这是《圣经》所述的故事。有一天当巴饮酒的时候，忽然有一只手在墙上写了这三个字，其义不可识。后来先知但以理被召，乃释其义如括号内之所云。

对她说，“别再跟我谈到他，不然的话，我就要把你和拿囊一块儿送到诺耶尔修道院去，瞧我敢不敢；如果你不相信的话，叫你连明天都过不了。这个小子在哪儿呢？他下来了没有？”

“没有，我的朋友。”葛兰德夫人回答。

“那么，他干些什么呢？”

“他哭他的父亲。”欧琴妮答。

葛兰德瞧着他的女儿，说不出一句话。他有点像父亲，他。

在厅中绕了几圈之后，他就立刻上楼到事务室去计划购买公债。他所砍光的二千苗树林给他弄进了六十万佛郎；再加上白杨树的钱，去年和今年的收入，刚才到手的二十万佛郎的买卖除外不算，他也已经有九十万佛郎的巨款。价格八十佛郎五十参丁的公债券，过了不多的时候，就可以赚到百分之二十，这在诱惑他，他就在登载弟弟的自杀消息的日报上写着他的计算的数目字。侄儿的呻吟传到他的耳鼓，然而他是听不见的。

大拿囊来到墙上敲着，请她主人下楼吃晚饭。在穹窿和最后的扶梯段上，葛兰德自言自语着：

“要是我拿到八分利，我就干。两年之后，我可以从巴黎收回一十五万金佛郎。——啊！我的侄儿哪儿去了？”

“他说他不想吃饭，”大拿囊回答，“这不卫生。”

“这可省钱啦。”她的主人回答说。

“我的圣母！是的。”她说。

“呸！他不会老哭。饥饿可以把狼驱出树林。”

这顿晚饭是吃得特殊寂静的。

“好朋友，”撤去台布时，葛兰德夫人说，“我们应当挂孝啦。”

“真的，葛兰德夫人，你就不知道要发明什么法子来花钱。挂孝要挂在心里，不要挂在衣服上。”

“可是给兄弟挂孝是免不了的，况且教会叫我们……”

“就用你的六个路易去买孝布好啦，你可以给我一块黑纱，这就够了。”

欧琴妮仰望青天，一语不发。平生第一遭，她那睡着了的，压制了的，然而却忽然觉醒了的优美的念思顿时冷了下来。这一夜在表面上是和一千夜一样的单调，然而却比任何一天都可怕。欧琴妮低着头做活计，简直就不用昨天夜里查礼所轻蔑过的针线匣。葛兰德夫人织着衣袖。葛兰德则转动着他的指头足足的转动了四个钟头，筋疲力尽的计算着第二日将要惊动全苏穆尔的计划。

这一天没有人到这家里来询问。全城哄传着葛兰德所要的把戏的本领，他的兄弟的破产和他的侄儿的来临。因为共同的利益需要共同的谈论，一切苏穆尔的上中等社会的葡萄园主人都聚集在国拉桑先生家里怒骂着、咒诅着昔日的市长。

大拿囊纺织着，她的纺车的声响是大厅灰色的天花板下可以听到的唯一的声音。

“我们一点儿也用不着我们的舌头啦。”她说着，露出她那粗白得去皮的杏仁一般的牙齿。

“一点儿也不要用。”葛兰德从他的默想中醒觉过来，回答说。

他憧憬着三年之后的八百万，想象着在此长远的黄金流上游泳。

“我们睡觉去罢，我要替大家去给我的侄儿说声晚安，再看看他要不要吃点什么。”

葛兰德夫人站在第二层楼的梯头上，想听一听查礼和这位好好先生之间会谈些什么话。欧琴妮比她母亲还要大胆，她多上了两段梯阶。

“啊，我的侄儿，你悲哀吗？是的，你哭，这是很自然的。父亲是父亲。但是对于我们的不幸，我们应当忍耐。你哭的时候，我总是关心你。我是个很亲切的亲属，你瞧。算了罢？勇敢些！

你要不要喝一杯葡萄酒呢？”

在苏穆尔，葡萄酒是不值钱的，人们给人家敬酒就好像印度人给人家敬茶一样。

“可是，”葛兰德继续着说，“你没有灯光吗？糟糕！真糟糕！做什么事情都得看清楚呀。”

葛兰德走到壁炉的前边。

“哎！”他叫了起来，“这是白蜡烛。什么鬼从哪儿捞来的白蜡烛？这些婊子们简直要把我房子的地板都给拆毁，拿来给那个小子煮鸡蛋吃。”

听了这些话，母亲和女儿又回到她们的房子里，就好像受吓的老鼠回到穴中那样敏捷的钻进被窝里。

“葛兰德夫人，原来您有一个金库？”丈夫进妻子的房子说。

“我的朋友，我在祷告，请您等一等。”可怜的妇人用一种哑了的声音回答说。

“魔鬼战胜了你的上帝！”葛兰德自言自语的答辩。

守财奴们并不相信有什么将来的生命，现世是他们的一切。这种思想很清晰的投射在现实的时代上。在这时代，金钱统治一切的律则，比任何其他时期都厉害。制度、书籍、人物和教条，一切的一切都阴谋着要毁灭来生的信仰，这信仰则是一千八百年来社会组织所以得以维持的柱石。现在，棺椁已经是一种不足畏惧的过程。在葬歌边境等待我们的“将来”已经被人搬到“现在”来了。一般的思想是：不管对与不对，都要走到奢华和虚荣的人间天堂；为此浮生而僵硬心田，刻苦身躯，正如往昔殉道者之为永远的善道而牺牲生命一样。这种思想而且是到处被人写出来的，甚至于写在法律之中；这思想只问人：“你给多少钱？”而不问：“你想什么？”如果这种教条从中产阶级传布到全国人民的话，国家将要变成什么样子的呢？

“葛兰德夫人，你完了吗?”这老木桶匠说。

“我的朋友，我是为你祷告。”

“好极了！一夜平安。明天早上我们再谈罢。”

这可怜的女人就像一个没有懂得功课只怕醒来见到师长的怒容的小学生一样的睡着了。

正当她害怕得钻进被窝里，不敢听见任何声音的时候，欧琴妮穿着衬衫，赤着足，跑到她的身边，在她的额头接吻。

“啊！好母亲，”她说，“明天我要告诉他这都是我干的。”

“不，他要把你送到诺耶尔去。让我去罢，他不会把我吃下去。”

“你听见没有，妈妈?”

“什么?”

“他，还在哭。”

“你去睡罢，我的女儿。你的脚要着凉了，石板太潮湿。”

这位富裕而可怜的女继承人就这样的度过了一生中最严重的一天；她的睡眠已经没有当初那样的充足、那样的清净了。

人间生活的某些动作往往看去是不可能的，然而却是真实的。可是，这是不是因为人们差不多总是对于我们的各种自杀的决定忘掉了加以心理的阐明而不解释必要的神秘的理由呢？也许我们应当用最精细的方法去分析欧琴妮的深刻的热情；因为叫一些喜欢谈笑人家的人来说，这些感情就变成了一个病态而影响到她的整个存在。很多的人都宁可喜欢否认结局，不去测量在精神界中把一桩一桩的事态秘密的缝在一起的联系，结合和凝聚的力量。这里我们可以用欧琴妮的过去生活来研究人类的天性，保证她的无思无虑的天真和她的心灵的突然的流露。过去生活愈平静，活跃的女性的怜悯的天性，最富有创造性的热情就愈在她的灵魂中发展。所以，因为白天里各种事件的扰搅，她醒了好几回，去细听他的堂弟的动静，自以为听到了前夜以来回响在她心中的叹息。一会儿，她看见他悲哀而欷歔；一会儿，她梦见他饥饿而死亡。东方发白的时候，她很确切的听到一声可怕的喊叫。于是乎她就马上穿好衣服，在薄明里轻轻的跑到堂弟的身畔。她的堂弟连门都没有开。白蜡烛已经在烛盘上烧尽了。查礼被自然力量所征服，和衣睡在靠椅上，头倒过去，像倒在床上似的，和一般空腹的人一样的做梦。欧琴妮能够自由的流泪；她能够敬重这个年青而美丽的脸孔，这个由痛苦给画上云母石花纹的脸孔，这一双在睡中还像流泪似的哭肿了的眼睛。查礼若有神通似的猜中了欧琴妮的来临，他睁开了眼睛，看见她大受感动的在那里。

“对不起，我的堂姐。”他说着，不知道到底是什么时候，也不知道身处何地。

“有好多人的心都在这里听着您呢，我的堂弟，我们相信您一定需要些什么东西。您应该上床去睡，再这样的下去，您可要累病了。”

“这也是实在的。”

“那么，再见罢！”

她跑了，又觉得来这里的羞耻，又觉得来这里的快乐。只有天真的人才敢这样的大胆做这一类的事儿。有修养的道德是和罪恶一样的有计算。当欧琴妮站在她堂弟身边的时候，她并没有战栗，然而当她回到自己的房子时，她却好容易才能够站住脚。

天真的生活立刻停止了，她开始用理性推想，千般的责备自己。

“他对我有什么意见呢？他一定以为我爱他。”

这正好是她所最希望于他的。恳切的爱情有他的预见，并且知道爱情可以激刺爱情。这位孤独的少女这样突然的走进一个年青人的房子，这到底是什么事变呢？在爱情之后，难道没有一些思想、一些行动是和对方的订婚相同的吗?

一小时之后，她走进了母亲的房间，照例的给母亲穿上衣服。然后，她们俩就一同下来，坐在窗前，焦急的等待葛兰德。当人们恐惧一个情景、一个责罚的时候，这焦急常常使人心发冷或发热、紧缩或弛张。这并且是极乎自然的感情，正如家畜被人矫正受到微小的苦痛而高喊惨叫，或是不小心受了伤一声不响的沉静时所表露的感情一样。这位好好先生下楼来了，然而他却用满不在乎的神色对他的妻子说话，吻着欧琴妮，坐在椅子的旁边，似乎一点儿也没有想到前夜他所给人的威吓。

“我的侄儿怎么样啦?小孩子不见得怎样麻烦。”

“先生，他睡着啦。”大拿囊回答。

“这更好，他就不再需要白蜡烛了。”葛兰德用冷笑的口气说。

这种反常的仁慈、这种苦辣的快乐打击了葛兰德夫人，她非常注意的看着她的丈夫。

这位好好先生……

这里也许应当说一说我们常常用来称呼葛兰德的这个字眼“好好先生”。在杜尔兰，在安如，在波瓦都，在布列颠，这个字眼不但是用来指示最老实的人，同时也指示那些上了相当年纪的最残忍的老家伙。这个衔头并没有个人的宽仁的意思……

这位好好先生就拿着帽子，拿着手套说:

“我要到市场上去蹓达蹓达，去瞧瞧我们的诸位古虑曹。”

“欧琴妮，你父亲心里一定有什么事情。”

事实上，葛兰德睡得很少，他用了一半的夜间去做一些预先的计算，这计算常常给他的看法、他的观察、他的计划一种奇异的实证，给他担保了惊动全苏穆尔人的常胜的成功。人类的一切能力都是忍耐和时间的结合物。强烈的人总是意志力很强而随时警戒的。守财奴的生活总是在演习为个人的利益而行使的人类的能力。他只依赖两种情绪：自尊心和利害观念，然而利害观念其实也就是一种坚固的自尊心，也就是不断的要求要比别人强。自尊心和利害观念其实是一个同一的全体的两部分。这全体就是自私主义。也许就是因为这个缘故，聪明能干的守财奴往往会激起一种不可思议的巨大的好奇心。每一个人都是由一条线同那些人相联系着的：那些人要打毁人间的一切感情，然而即把一切的感情都归结在一起。没有欲望的人在哪里呢？哪一件社会的欲望可以不必用金钱能够得到解决呢？

正如他的妻子所说的，葛兰德的确心里有什么事情。在他身上，正如在一切的守财奴身上一样，他遇到了一个永远的需要，就是要跟别人耍手段，用合法的步骤去获得别人的金钱。强制他人，这难道不就是运用力量，永远的执行鄙视那些柔弱而自愿让人吞噬的人的权利吗？啊！谁懂得那只平安睡在上帝脚旁的羔羊呢？这人世的一切牺牲品的动人的符号呢？这些牺牲品的来生的记号呢？他们的痛苦和光荣的温弱的标志呢？守财奴要让这只羔羊肥胖，要把他圈在栏内，等着杀他，等着烹他，等着吃他，等着卑视他。守财奴的饲料就是他的金钱和轻蔑。

这一夜，好好先生的思想又走了另外一方向：他所以变出仁慈的态度就是因为这个缘故。他已经布置好一个阴谋预备给巴黎人开玩笑，绞扎他们，卷曲他们，捏碎他们，要他们走，要他们来，要他们流汗，要他们希望，要他们脸色苍白；他，这个老木桶匠，这个坐在灰色大厅深处的木桶匠，他要从苏穆尔的住宅的腐蚀的扶梯上去取笑他们。他那时专心想到他的侄儿。他要挽救自杀的兄弟的名誉，而不必为他的侄儿或为他的兄弟花费一文钱。他要作三年的投资，他不必管理他自己的产业啦；因此，他必须有一个食量来供给他的狡猾的行动，他也就在兄弟的破产中找到这食量了。在他那高压的爪下他并不觉得要牺牲查礼的利益来捣碎巴黎人，他很廉价的表现自己是个好哥哥。在他的计划中，家庭的光荣是渺乎其小的，他的意志正像没有赌金而要观看一场好赌的赌徒们所有的意志。诸位古虑曹是他所必要的，然而他却不愿意到他们家里去找他们去，他决定叫他们到他家里来，希望能够在当天晚间开始方已筹思的计划，满想着第二天可以不费一文而变成全城人士的敬慕的对象。

第四章 守财奴的许诺——爱情的誓约

父亲不在的时候，欧琴妮就有公开关怀她所爱慕的堂弟，毫无忌惮的向他倾注怜惜的幸福了。这怜惜是女人的一个崇高的卓越性，是她要使人感到的唯一的卓越性，是她能够原谅男人向她求取的唯一的卓越性。三四次了，欧琴妮跑去听她堂弟的呼吸，看看他是不是还在睡觉，是不是已经醒来；然后，当他起来的时候，奶油、咖啡、鸡蛋、果子、盘子、杯子，吃早饭所应有的东西都成了她小心预备的对象了。她轻捷的爬上老旧的扶梯，去听听他弟堂所弄出来的声音。他穿衣服了吗？他还哭吗？她一直走到门口。

“我的堂弟！”

“我的堂姐吗？”

“您要在大厅里还是在您的房子里吃早饭呢？”

“哪儿都成，随您的便好啦。”

“您觉得怎么样啦?”

“亲爱的堂姐，我惭愧我饿了。”

这隔门的谈话在欧琴妮看来都不过是一段传奇小说的陪衬之笔。

“那么，我们就把您的早饭端到您房子里来好啦，这么一来，就不至于背我父亲的意。”

她如飞鸟一样轻快的下了楼，走到厨房。

“拿囊，给他整理房子去罢。”

这个上来下来，一点儿声音都会回响起来的扶梯，在欧琴妮看来，好像已经损失了他的老朽性；在她看来，他是光亮的，他会说话，他很年青，和她一样的年青，和他所服务的她的爱情一样的年青。还有她的母亲，她那良善而仁慈的母亲也很想顺应着她的爱情的梦幻。所以，当查礼的房子整理好了之后，她们俩就一块儿的走来陪伴这位不幸的人：基督的慈悲难道没有命令她去安慰他吗？这两位女人就从宗教里，引证了许多小小的诡辩来解释她们的越礼的行为。

葛兰德·查礼觉出自己成了最多情、最温柔的看护的对象。他那伤痛的心剧烈的感出这种温软的友谊，这两个时时被约束的灵魂能够在苦痛的本性中暂时泄露而出的甜蜜的同情。因为亲属的关系给予她特许，欧琴妮就来给他整理衣服，整理她堂弟带来的梳妆用具，能够自由的叹赏着每一个奢侈的小玩意儿，金制或银制的装饰品；这些东西都落在她的手中，她也把它们拿在手里把玩一些时候，说是要细细的研究它们。

因此查礼也并不是没有受到他伯母和他堂姐给他带来的深刻而仁慈的关注的感动，因为他相当认识巴黎的社会，他知道在巴黎，处在他的地位的人只能够找到不关痛养的冷淡的心。他看到欧琴妮的特殊美丽的伟大，从此之后，他敬慕前此一夜他所嘲笑的无知的风尚。所以，当欧琴妮从大拿囊手里接过满充奶油咖啡的瓷碗，给他堂弟端去，用天真的情绪给他投去一道善意的视线时，这位巴黎人的眼睛就被眼泪所润湿了，他就握住她的手，亲吻着。

“唉！您还要怎么啦?”她问。

“啊！这是感激的热泪呀!”他回答。

欧琴妮忽然跑到壁炉去拿烛台。

“拿囊，拿罢，拿开罢!”她说。

当她看见她堂弟的时候，她脸上还是很发红的，但是这些视线至少可以遮瞒，可以不把心中的过度的快乐描绘出来；可是，他们的眼睛都表达着同一的情绪，就像他们的灵魂都溶化在同一的思想之中一样：将来是属于他们的。这样温柔的情感，在堕入极大痛苦之中的查礼看来，所以有如此的程度正是因为他是望外的情感的缘故。

铜锤的声响把两个女人召回她们的座位上，幸而她们能够相当快速的下了扶梯。葛兰德进来的时候，她们也已经在做她们的活计了。只要他在穹窿之下碰着她们，这就够得使他起疑心。在这位好好先生以最快的速度吃过早饭之后，那位还没有拿到约定的津贴的看林人正好从福罗瓦风来，带着他在园中打来的一只兔子、一些鹧鸪，还有一些鳗鱼和磨粉工人所送来的两条竹篾鱼。

“呃！呃！这位可怜的高尔诺瓦尔，他倒来得凑巧。——这好吃吗，这些东西?”

“是的，亲爱的仁慈的先生，才打了两天呀。”

“唉，拿囊，赶快！赶快!”好好先生说，“给我把这个拿去，这要留着晚饭吃，我要请请两位古虑曹。”

大拿囊睁开傻眼，看一看大家。

“啊！”她说，“我到哪儿去找猪肉和香料呢？”

“我的太太，”葛兰德说，“给拿囊六个佛郎罢，别忘了到地窟去找些好葡萄酒。”

“唉，葛兰德先生，”这位预备好说词，想要解决薪水问题的看林人接着说，“葛兰德先生……”

“哒，哒，哒，哒，”葛兰德说，“我知道你的意思；你真是大魔鬼：我们明天再说罢，今天我太忙。——我的太太，给他一百苏罢。”他对葛兰德夫人说。

他跑开了。这位可怜的女人想到居然能够用十一个佛郎买到和平，心里非常的高兴，她知道在葛兰德重新从她手里逐一要回他所给她的钱之后，两星期以内，他总不至于再吵闹的。

“瞧，高尔诺瓦尔，”她说着，拿十个佛郎往他手心一溜，“将来我们再酬谢你。”

高尔诺瓦尔没有什么话说，他走了。

“太太，”大拿囊戴上了她的黑色轻纱头帕，拿了篮筐，说，“我只要三佛郎，剩下的请你留下罢，这三个佛郎满够了。”

“你得好好的做一顿饭，拿囊，我堂弟要下楼了。”欧琴妮说。

“这里一定有什么非常的事情发生，”葛兰德夫人说，“自从我们结婚以来，这是你父亲第三次的请客。”

将近四点钟的光景，欧琴妮和他的母亲排好了六个人的食具，公馆的主人拿上了外省人用恋爱一般的情绪贮藏起来的几瓶美酒，查礼就在这时候走到大厅来了。他的脸色苍白。他的姿态、他的举止、他的视线和他的声音，都表现出一种满充温雅的悲哀。他不是假装伤痛，他是认真的痛苦；不过，他那愁苦的面容却有一种可以取悦女人的神色。欧琴妮特别喜欢这面容。也许这也是不幸把他弄得和她相接近的。查礼已经不是生活在她所不能够插足的环境中的富裕的清秀的青年，他是一个沉沦在悲惨之中的亲人了。悲惨把他们引到平等的地位。这位女人和天使有个共同之点；悲痛的人是属于她的。查礼和欧琴妮彼此很相得，他们彼此只用视线通话；因为这失败的可怜的花花公子，这个孤儿躲在一边，默然的站着，沉静而骄傲；但是，不时不时的，他堂姐的温柔而爱抚的眼色就对他射出光芒，使他离开了悲惨的思想，和她一同投身于希望和将来的园地，在那里跟他一块儿的奋斗。

这时候，苏穆尔城都听到葛兰德约请诸位古虑曹晚饭的消息，大为惊动，这惊动是比前一天听到他出卖全城葡萄业者而倾售自己的收获的消息时所受到的惊讶还要厉害。如果这位葡萄业者的政策是想在请客之中得到比亚尔西比亚德花大本钱斩却大狗尾巴时所要得到的大众的注目的话，也许他可以成为一个伟人；但是，他在这不断施用手段的城中占有太大的优势，他绝不肯在苏穆尔这样的干。诸位国拉桑不久也听到查礼父亲的暴死和他的可能的破产，他们决定要在当天晚上到他们的顾客的家里来，分担此家的忧愁，表示他们的友谊，同时也要特别去打探葛兰德所以在这种环境下还要决定宴请诸位古虑曹的动机。

准五点钟，彭风院长和他的叔父法律公证人到来了。他们按照星期日一样的打扮，从头到脚装饰得华华丽丽的。客人就坐了，大家开始大吃而特吃。葛兰德很严肃，查礼是沉静的，欧琴妮缄默无言，葛兰德夫人只说了一些应酬话，好像这顿晚饭是名副其实的吊唁的宴席似的。

当他们从座位上起身的时候，查礼向他的伯母和伯父说：

“请您让我先退罢。我得写一封悲哀的长信。”

“干你的去罢，我的侄儿。”

查礼走了。当好好先生假定他再也听不到什么话，而要聚精会神来写信的时候，他就很阴险的瞅了他的妻子一眼。

“葛兰德夫人，今天我们所要谈的话，你是不懂的，现在七点半钟了，你们应当上床睡觉啦——一夜平安，我的女儿。”

他吻了欧琴妮，这两位女人就走了。戏开幕了。有生以来空前绝后的，葛兰德伯就施展着他在人肉商场中所学到的卓越的手段；这些手段是他所以被那些被他狠命咬破皮肉的人叫他做“老狗”的原因。如果这位前任苏穆尔市长能够把他的野心放在高处，如果幸运的环境曾把他带到较高社会的圈里去，把他送到议会里让他处理国家大事，他可以在那里使用他的个人的厉害所赋予他的天才；那么，无疑的，他对于法兰西一定会做出许多光荣的贡献。可是也许说不定也就是因为这个缘故，离开了苏穆尔，这位好好先生就只能够有一副可怜的穷酸相了。或者他就像某种动物一样，一被人移植到水土不同的地方去，就长不大了。

“院……院……院长……先……先……先……生，您……您……您……您说……您说……说破……破产……”

很久以来，好好先生所装作而被人认为是自然的这种口吃，和他自怨为是风雨的时节让他养成的昏聋，这时候却使两位古虑曹觉得厌腻，厌腻得他们在听葡萄田主说话的时候，不知不觉的用力皱着额头，好像要用力把他故意结来结去的字句完成下去似的。

这里，也许有把葛兰德的口吃和昏聋的历史加以叙述的必要了。全安如省，没有一个人能够比这位狡猾的葡萄种植人听得更清楚、说得更清楚安如口音的法语。从前，虽然他是很细心的，他曾经受过一位犹太人的骗，这个犹太人在谈判的时候总是用手放在耳朵上作出一个喇叭的形状，说是可以听得更清楚，而杂乱的一面说话一面寻觅字句。葛兰德成了他的同情的牺牲品，他觉得有给这个狡猾的犹太人指示他所寻觅的字句和思想的必要，结果自己也学到了那位犹太人的习惯，这应当下地狱的犹太人的说话的方式，终于变成了一个犹太人，而不是葛兰德了。这次奇异的斗争只给这位木桶商作了他的商业生活过程中一个最不合算的交易，是他终身所埋怨的。然而，在金钱的观点来说，如果他曾因此而有损失的话，他却得到了一个极大的教训，后来也就因此而收获到很好的结果，所以，这位好好先生还得祈求祝福这位犹太人教他如何使商业中的对手不耐烦，如何使对手只愿表达自己的意思，而永远抓不住他的思想的法术。

然而，再也没有现在所要处理的问题那样的需要运用隐蔽葛兰德思想的昏聋、口吃和暧昧的语词。第一，他不想担负他自己所有的思想的责任；其次，他要统制他的话语，使人无从捉摸他的真正的意向。

“彭……彭……彭风先……先生。”

三年来，这是葛兰德第二次称小古虑曹为彭风先生的。

院长先生大可以自信业已被这位伪君子选为佳婿了。

“您您您说……说……说……说破破破产能……能……能够在……在……某……某种情形之下……来……阻止……阻止它，由……”

“由商事法庭自己来阻止。这是每日所习见的事情。”彭风先生相信能够抓住或猜中葛兰德的意思，愿意很动情的给他解释，就说，“请你听！”

“我听……听。”这位好好先生很谦逊的回答，他那狡猾的神色就好像是心中暗笑教师的小孩子一样，表面上装做非常注意听教的样子。

“当一位有相当地位的人，例如您那已故的巴黎的兄弟……”

“我……我的兄弟，是的。”

“将要破产的时候……”

“这……这……这就叫……叫做……破……破产吗？”

“是的……当他的破产已是不可避免的时候，当地的商事法庭

（请您听清楚）就可以依照判决，在商店中任命了几个清算员。清算并不是破产，您明白吗？一个人，宣告了破产，是不名誉的，要是清算呢，他还不失为一个忠诚的人。”

“这很不……不……不同，如果这……这……不会……花……花……花费更多的钱的话。”葛兰德说。

“可是，就是没有商事法庭的援助，清算也可以做的。因为，”院长说着，往鼻子里塞了一撮烟丝，“破产是如何宣告的呢？”

“是的，我从来没有想……想……想过这个。”葛兰德接着说。

“第一，”这位法官接着说，“由商人本人或是他的代理人制作一个借贷一览表，交给审判厅的书记室，依法登记。第二种办法就是依照债权人的请求。所以，如果商人不呈上借贷一览表，如果债权人不请求法庭宣告破产，那么又得怎么办呢？”

“是……是……的，我们……我们瞧……瞧……瞧瞧看。”

“那么，死者的家属，他的代表人，他的继承人，如果他没有死的话，商人自己，如果他躲起来的话，他的朋友，都可以清算。大概您想要清算您兄弟的财产罢？”院长问。

“啊！葛兰德！”法律公证人叫了起来，“好极啦，到底我们外省也是有名誉心的。如果您要保存您的名誉，因为这和您的名誉有关，那您就是一个……”

“大丈夫了！”院长打断了他叔父的话，插着说。

“当……当然啦。”这老葡萄种植人说，“我……我的兄……兄弟也姓……姓葛兰德，完……完全和我一样。这……这……是千真万确的。我……我并不……并不说不是。并……并且……并且这个清算，无论……无论如何，无论……无论在……在何种……何种方面，对于我的侄……侄……侄儿都是非常有……有……有……利的。这侄儿是我……我……我所最钟爱的。但是得看一看。我不认……不认识巴黎的坏蛋。我……我是在苏穆尔，我，您想！

我的葡……葡萄压条，我的壕……壕堑，我有……我有我的事情。我向来没有开过支……支票啊。支票是什么？我收过很……很多，我却从来没有签……签过。这……这……这可以支钱，这可以付……付款。我……所……所知道的不过如……如……如此而已。我听……听……听说……说过人……人……人们可……可以买回那些支……支……”

“是的，”院长说，“人们可以在市场上用几折的钱买来的，您明白吗？”

葛兰德用他的手做成一个喇叭，放在他的耳朵上，院长就给他重新说了这一句。

“但是，”葡萄种植人说，“那……那么，在这一……一切，就有的喝，有的吃吗？我……我……我一点儿也不知道，我这……这……这样年纪，对于这……这……这些事情一点儿也不会。我应该……应该留……留在这儿……看果实。果实堆……堆……堆积起来，人们就……就是用……果实来付……付钱。最重要的，得看……看着收……收获。我有许多的东……东西在福罗瓦风，并且是很重……很重要的啊！我不能够放……放……放弃我……我……我的房子到……到一切……一切魔……魔鬼扰……扰乱……扰乱的地方去，那些事体我是一点儿也不……不懂得的呀。您……您说……为着清……清……清算，为着阻止破产的宣布，我应该到巴黎去。人们不能够同时分……分身……在两个地方，除非是个小……小……小鸟，而且……”

“我明白啦！”法律公证人喊道，“可是，我的老朋友，您有许多朋友，许多老朋友，他们都能够给您效劳啊！”

“是啊！”这葡萄种植人心里想，“请您决定罢！”

“如果有人到巴黎去，到那儿去找您兄弟威廉的最有力的债权人，可以对他说……”

"等……等……等一会儿，这里！"这位好好先生接着说，"对他说……说什么呢？是这么说呀：'苏穆尔的葛兰德先生，这个，苏穆尔的葛兰德先生，那个。他爱他的兄弟，他爱他的……他的……他的侄儿。葛兰德是个好亲……亲人。他有很好的意向。他已经把他的收……收……收成善价卖掉了。不要宣告……破……破……破产，你们开……开……开会商量。派……派……派几个清算员。然后，葛兰德再……再出面。清算起来，您您您会……会是很合适的，何必叫法院的人来插嘴……嘴……嘴呢？'嘿！不是这样吗？"

"对，真对！"院长说。

"因为，您瞧，彭……彭……彭风先生，在没有决……决……决定之前，应当看清楚。不……不……不会的事，一定不……不会。在一切关于金……金……金钱的事情，如果不……不要自……自己毁……毁坏的话，就得知道自己的财力和花费啊。嘿！不是吗？"

"当然啦。"院长说，"我的意见是几个月的时间，可以用一个数目，买回债权，全部分期偿还。哈！哈！人们可以拿一块猪肉把狗引得远远的。当您没有宣告破产，债券都到您手的时候，您就要和雪一样的洁白了。"

"和雪……雪……雪一样吗？"葛兰德重复着说，再用手做一次喇叭，"我不懂什么叫做雪……雪。"

"可是，"院长叫着说："那么，请您听我说好啦！"

"我……我……我听。"

"证券是一个可以上涨下跌的货品。这是从边沁·捷礼美的高利原则演绎出来的。这位公法学家曾经证明过：诋毁放高利贷是一桩傻事。"

"哇？"好好先生惊讶的叹息。

“根据边沁的说法，原则上说，因为金钱是一种货品，代表金钱的也同样的是货品，”院长接着说，“因为商业景况的现行的变化，还有某种签字的证券可以在市面上增多或缺少，有时价格极高昂，有时可以落到一文不值的地步，于是商事法庭就下令……（瞧，我多傻……）我的意思是您可以用百分之二十五买回您兄弟的证券。”

“您……您……叫……叫……叫他做边？”

“边沁，一个英国人。”

“这位捷礼美可以让我们在事业中免除许多痛苦。”

“这些英国人有……有……有的时候，确有一些好……好意见。”葛兰德说，“所以，根……根据边……边……边沁，如果我兄弟的证券值……值……值钱的话，他就不值钱了！如果我说得对，是不是？我明白了……债权人就要……不，就不要……我领……领会啦。”

“让我给你解释完全罢。”院长说，“根据法律，如果您占有葛兰德商店的一切证券，您兄弟和他的继承人就不短任何人的债。这好啦。”

“这好啦。”好好先生重复的说。

“公平的说，如果您兄弟的证券在市场上交易（你懂得交易这个名词吗？）而损失了一些百分率；如果您有一个朋友从那里经过，如果他买回这些证券，债权人一定不会不给他，已故巴黎葛兰德的继承就这样的清偿两讫了。”

“这也对。事……事业是事业，”木桶匠说，“这么……一……一来……可是，您知……知……知道这是……不……不……不容易的。我……我……我没有钱……钱，也……也……也没有时间，也没有时间，也没有……”

“是啊，您不能够离开。那么，我替您到巴黎去一趟（您得替我出旅费，旅行是一桩麻烦事）。我见到债权人，我就对他们说，请他们缓期，如果我时间用得多的话，一切都可以弄清楚，不过您要在清算的价值以外，加上一笔开销，那些债券就可以到您的手中来了。”

“可是，这个我们……我们以后再看罢。我不……不……不能够，我不……不……不愿意干这件事情，除非……除非……做不……不到的……的……的……就做不到。您……您明白了吗?”

“这是对的。”

“您……您……您给我所……所说……说……所说的这些话让我的脑袋都听……破……破……破了。这是我的平生第一……第一遭逼……逼着我去想……想……”

“是啊，您不是法学家。”

“我……我是一个穷……穷……穷葡萄种植人，对于您……您……您刚才所说的一点儿也不知道；我……我……我得……得……得研究研究它呀。”

“那么……”院长接着说，好像要总结这个讨论的样子。

“我的侄儿!”法律公证人用责骂的声调打断说。

“好，我的叔叔?”院长回答。

“让葛兰德先生给你解释他的意思罢。现在的问题是一张非常重要的委托状，我们的好朋友应当很恰当的说出来……”

一声铜锤响宣告了国拉桑一家的来临，他们进来了，行了敬礼，使古虑曹不得不停止他那句没有说完的话。法律公证人很高兴有这么一个打断。葛兰德已经斜眼看着他，他的肉瘤表示出他心中的急躁。但是，最先，这位法律公证人谨慎的觉得：一位法院院长一下子就跑到巴黎去说服债权人，去插足这违反廉洁律则的欺诈行为是不妥当的。其后，他也并没有听见葛兰德有任何想出钱的意思，他看见他的侄儿要致身于这件事情，不禁本能的战栗着。他马上利用诸位国拉桑的光降，拉住院长的手臂，把他拉到窗口。

“你已经说得够了，我的侄儿；但是你已经太忠诚了。你想要他的女儿，这把你迷住了。魔鬼！不要像小鸟啄核桃那样的去。现在让我来管舵，你只帮我示威好了。你难道值得把你的法官身份毁在一桩……”

他没有说完，他听见国拉桑先生伸出手对老木桶匠说：

“葛兰德，我们听说有一个可怕的不幸来到你们府上，葛兰德·威廉商店的惨剧和您兄弟的死讯。我们来给您表示我们对于这桩惨事的同情。”

“没有其他的不幸可以比得上小葛兰德的死，”法律公证人打断了银行家的话，说，“如果他想到来请求他哥哥的援助，他也不至于自杀。我们的老朋友，他的全身一直到指甲为止，都是光荣的，他想清理巴黎葛兰德商店的债务。我的侄儿院长想给他免除许多法律上的麻烦，要替他到巴黎去就地给债权人和解，让他们满意。”

葡萄种植人摩抚着自己的颔部，他的态度表示出他对这些话的赞同。然而这些话却大大的惊讶了三个国拉桑。因为他们在路上曾说了许多葛兰德的闲话，责骂他的吝啬，说他差不多就等于亲自杀死他的兄弟。

“啦！我早就知道啦，”银行家看着他的太太，叫着说，“你路上跟我说些什么，国拉桑夫人？葛兰德的全身一直到头发为止都是光荣的，这不够使他的名誉受到最轻微的损伤！有钱而没有光荣，这是一种病。我们外省确实也有荣誉心。——这很好，好极啦，葛兰德。我是个老军人，我不会藏话，我很率直的说：这是最好不过的，最响不过的！”

“然而这……这……却得……高贵的代价。”当银行家很热烈的摇动他的手时，好好先生这样的回答。

“但是这个，好葛兰德，我并不是有意让院长先生不高兴。”国拉桑先生接着说：“这是纯粹商业的事情，需要一个有经验的商人。不是得知道算算可以挪回来的款项，必须预付的货款和利息吗？我有点事儿必须得到巴黎去一趟，我可以负责去……”

“我们以后可以想……想……想法子把你……你们……两个都用在适当的地方，不要使我……使我做……做……做什么我……我……我不愿意……不愿意做的事。”葛兰德口吃着说，“因为，你瞧，院长先生很自然的向我问过路费哩。”

这好好先生却把这最后几个字说得不含糊。

“哟！”国桑拉夫人说，“到巴黎去不是很快乐的吗？我愿意自己花路费到那儿去。”

然后，她就给她丈夫使了一个眼色，鼓励他在对手面前不论用多少代价，都要吹嘘经手这桩事；之后，她就用嘲笑的神色瞧着两位面带可怜相的古虑曹。葛兰德抓住银行家上衣的一个钮子，把他拉到一个墙角里去。

“我相信您还在相信院长之上，”他对他说，“因为他似乎有把戏。”他动了动肉瘤，加上这一句说，“我要在投资上想法子。我想买几千佛郎的公债，但我只想出八十佛郎的价钱。人家说这玩意儿月底会落价的。您知道，是不是？”

“我的天！那么，我得替您买几千佛郎的公债，是不是？”

“开始别做得太大。别张声！我要耍这场把戏，而不让任何人知道。月底您可以替我成一个盘子；可是，什么也不要让那些古虑曹知道，这是给他们开玩笑的。因为您到巴黎去，为着我可怜的侄儿，我们同时要在那里看看运气如何。”

“听明白了。我明天就要坐邮车走。”国拉桑高声说，“我几……几点钟可以来听您最后的吩咐？”

“五点钟，晚饭之前。”葡萄种植人摩擦着手，说。

两派的人还面对面的留在那里一些时候。一会儿的沉默之后，国拉桑拍着葛兰德的肩膀说：

“有这样的好亲人，真不错。”

“是的，是的。只是没有让人看出，”葛兰德回答，“我是一个好亲人。我爱我的兄弟，我要证明我的爱，如……如……如果不……不花钱的话……”

“我们走啦，葛兰德，”银行家没有等他说完，就很高兴的插着说，“如果我提前动身的话，我得整理整理一些东西。”

“好，好。我自己……照您所知道的，我也得退到我的评……评议室去，正如古虑曹院长所说的。”

“嘿！我已经不是彭风先生了。”法官悲哀的想，他的脸色好像审判官被律师辩难时所表示出来的神色。

两个对头家庭的头领一块儿走出来。没有一个人再想到葛兰德当天早上出卖全地区葡萄种植人的罪恶，大家都在猜想好好先生这套新花样的真正意向，然而都想不出。

“你们要不要跟我们一块儿到铎尔桑发夫人家里走一走？”国拉桑对法律公证人说。

“我们以后再去，”院长回答，“如果我叔叔答应我，我已经答应给过里包古尔夫人说声晚安，我们要先到那儿去。”

“那么，再见罢，诸位先生。”国拉桑夫人说。

当诸位国拉桑离开两位古虑曹几步的时候，阿窦甫对他的父亲说：

“他们气得够受啦，是不是？”

“别说，我的儿子，”他的母亲回应，“他们听得见。而且你说的也不甚雅，有点法学院学生的味道。”

“得了罢，我的叔叔！”院长看见诸位国拉桑走远了，就叫了起来说，“开头我是一位彭风院长，结尾却变成了极乎平常的一个古虑曹。”

“我看清楚这要让你不高兴；然而这风头是属于国拉桑的。你真傻，你整个的精神都傻！……让他们在葛兰德伯的‘以后再说罢’船中打滚好啦，不要想，我的孩子：欧琴妮不见得就不是你的妻子。”

一会儿之间，葛兰德的伟大决定已经同时在三个家庭中传布起来，全城也除了这个为兄弟而效劳的消息外，没有其他的谈论问题了。每一个人都宽恕他违反各地主的誓言而售卖，羡慕他的名声，钦佩他的令人不能相信的仁慈。这就是法兰西人容易受一时的风波，受现实的摇鞭所激刺而同情、而发愤、而感动的性格。难道合群的动物，难道民众就没有记忆吗？

葛兰德伯关了门，他就叫大拿囊。

“不要放出狗，不要睡觉，我们有事儿一块儿干。十一点钟，高尔诺瓦尔要给我从福罗瓦风带马车到我的门前来。听着他来，叫他不要敲门，轻轻的进来就是了。警察局的法律，夜里不许敲门。并且，这地区的人也用不着知道我出门。”

说了之后，葛兰德就登楼走进他的试验室。大拿囊听见他在那里摇动，搜索，走来，踱去，然而却很谨慎。很明显的，他不愿意惊醒他的妻子、他的女儿，特别不愿意引起他的侄儿的注意。这侄儿，当葛兰德看见他房中有灯光的时候，已经开始受到葛兰德的咒诅了。半夜的时候，专心关注堂弟的欧琴妮以为听见有一个濒死的人的呻吟，这濒死的人在她看来，而且就是查礼：她把他这样悲惨的丢在那里，这样失望的丢在那里！他也许自杀了罢。她突然的拿起一个头帕，一件带有风帽的短外衣，包在身上，想要出去。最初是门缝中透进来的强烈的火光使她害怕，然后，她才知道是大拿囊的沉重的脚步和错杂在一群马嘶之中的大拿囊的声音。

“我父亲是不是要架走我的堂弟呢?”她对自己说，一面半开着门，相当小心的不让门生出声音，然而却能够看见走廊中所发生的事。

忽然一下，她的眼睛碰着她父亲的眼睛，这眼睛的视线虽然空泛而无心，却使她恐惧而发抖。这位好好先生和大拿囊担一条粗棍，抬着一个用绳子系着的小桶，好像是葛兰德伯以前在麦包房里拿着开心的玩意儿。

“好家伙！先生，这么重!”大拿囊低声的说。

“不幸这只是些大苏，”好好先生回答，“当心，别打翻蜡台。”

这一幕是由一只放在楼梯的两条栏杆之间的独一的蜡台来照耀的。

“高尔诺瓦尔，”葛兰德对他的义务护卫说，“带了你的手枪没有?”

“没有，先生。老天爷！您的大苏还怕什么?”

“啊！没有什么可怕的。”葛兰德伯说。

“而且我们得快快的走，您的佃农们都给您选了最好的马来。”

“好，好。你没有告诉他们我到哪儿去罢?”

“我自己都一点儿也不知道。”

“好，车结实吗?”

“这个吗，老爷?好家伙，这能载三千。您那儿只破桶子有多少重?”

“瞧!”大拿囊说，“我可知道清楚，差不多一千八。”

“请你安静，好不好?拿囊！告诉太太我到乡下去。我要回来吃晚饭。好好的走，高尔诺瓦尔，九点钟以前必得到安儿尔。”

车走了。大拿囊闩上门，放出狗，肩膀发痛的睡着，全区的人没有一个疑心到葛兰德的动身，也没有疑心到他的旅行目的。好好先生的谨慎是完全的。从来就没有一个人能够在这满贮黄金

“好家伙！先生，这么重！”大拿囊低声的说。

的房子里看到一个苏。清早在港湾里跟人家谈话时，他听到金价因为南特的扩充军备涨上了一倍，许多投机的人都到安儿尔来收买，这位老葡萄种植人就简简单单的从他的佃农处借来几匹马，计算要到那里去售卖他自己的，带回必要数目的国库票来购买他的债券。这数目可以由现金和纸币之间的差数增大的。

“我的父亲走了。”欧琴妮说，她在扶梯上面一切都听见。

寂寞又统治了这房子，远处逐渐消灭的车轮声也已经不再反响在熟睡的苏穆尔城中。正在这个时候，欧琴妮还没有用耳朵就在心中听到一声呻吟，从他堂弟的卧室透过板壁。一道如同剑锋一般锐细的光线在门缝中一闪，横切在老扶梯的柱头上。

“他苦痛呀！”她说着，爬上了两层扶梯。

第二个叹息把她带到卧室的梯头。门是半开的，她推开了门。查礼睡觉了，他的头倾斜在靠椅之外，他那只把笔放松掉下的手差不多要垂到地下。那种姿势所产生出来的这位青年人的急促的呼吸忽然惊吓了欧琴妮。她马上跑了进去。

“他一定很累啦。”她对自己说，一面看着十几封封好的信。她念着信上的姓名：法则比莱曼制车公司，布伊松制衣铺，等等。

“他一定料理好一切的事情，不久就要离开法兰西。”她想。

然后，她的视线落在两封开着的信上。其中一封的开头一句“我亲爱的小安娜”使她眼睛发昏。她的心跳动着，她的脚钉在石板上。

“他的亲爱的小安娜！他爱人家，他被人家所爱！没有希望了！他对她说些什么呢？”

这些思念穿过了她的脑筋和心坎。她到处都看得见这些字，甚至于在石板上，像是一条条的火焰似的。

“已经得对他断念了！不，我不应当念这封信。我应当走了……然而，如果我念呢？”

她看着查礼，轻轻的扶着他的头，把他放在靠椅的背上，而他也任着排弄，好像睡着的小孩子也还认识他的母亲，接受母亲的爱护和接吻而不醒觉一样。就像母亲一样，欧琴妮扶起了她那倾垂着的手；就像母亲一样，她吻着他的头发。“亲爱的小安娜！”一个魔鬼在她耳朵旁边喊着这几个字。

“我不知道这也许是不对的，但是，我要念念，念这一封信。”她说。

她的高尚的贞洁在责骂她。欧琴妮转过她的头。平生第一次，善和恶都出现在她的心坎。一直到现在为止，她还没有什么可以脸红的举动。欲望、好奇心战胜了她。每一句话都使她的心愈加发涨，而在念读这封信时，激励她生命的刺人的热诚也使她初恋的快乐愈加甘美。

我亲爱的小安娜，如果不是这任何人类的谨慎都不能够预期的不幸压迫着我，无论什么东西也不能够让我们分离。我的父亲自杀了，他的财产、我的财产都失掉了。我是一个孤儿，以我的教育性质来说，我是在还可以算是儿童的年龄就变成孤儿的；然而我还得从我所堕入的地狱里自己拯救出来。刚才我用了今天夜里的一部分的时间来计算。如果我要用有名誉的人的资格离开法兰西的话，这是无疑的，我自己却连一百佛郎也没有让我到印度诸地或是到美洲去试探我的命运。是的，我的可怜的安娜，我要到最残酷的气候里去寻求我的财宝。人家告诉我说在这种天日之下，发财是毫无疑义的，而且可以立刻发财。至于留在巴黎呢，我办不到。我的灵魂，我的脸孔都不是特别生来为着忍受那些专门等待被毁了的人，破产者的儿子的侮辱、冷酷和轻蔑的。我的天哪，负了两百万的债！……第一个星期，我就得死在决斗之中。

所以我绝对不再回去。你的爱情，你那最温柔、最忠实而能够熏陶一个男人心地的爱情也不能够吸引我到那里去。唉！我的爱人儿，我的钱还不够做路费到你那里去给你和接受一个可以给我必要的力量来干事业的最后的接吻……

可怜的查礼，我念得好！我有金子，我可以给他。”欧琴妮说。

她拭完眼泪，又继续往下念：

我没有细想到这惨剧的不幸。如果我有一百路易拿来做不可缺少的盘缠的话，我却没有一个苏可以让我预备一些船货。可是，我并没有一百路易，而且连一个路易也没有。我只能够在还清巴黎的债务之后才知道还剩下多少钱。如果一个也不剩下，我就一声不响的到南特去，当一名平凡的水手，上了船；我就要从那里开始，和那些富有毅力的人一样的开始；他们在年青的时候是一文莫名的，然而却能够从印度诸地巨富而回。自从今天早上起，我就很冷酷的面对着我的将来。我比什么人都惨，因为我受过喜欢我的母亲的爱护，世界上最好的父亲的珍爱，而且在我步入人世之初，我就遇到了一位安娜的爱恋！我只认识生命之花；然而这幸福却不能长久。不过，无论如何，我还有我亲爱的小安娜，我的勇气也就比一个无忧无虑的年青人所应有的勇气多，特别是一个生活在巴黎最婵娟的女人的阿谀之中，笼罩在家庭的快乐之内，永远在家中微笑取悦她父亲的年青人……哟！我的父亲，小安娜，他死了！……唉，我曾想过我的地位，我也曾想过你的地位。在这二十四小时之内，我老了好多。亲爱的安娜，如果要把我留在你的身边，在巴黎你要牺牲一切的奢华享受，你的装饰，你在国立音乐院的包厢，然而还凑不上我的浪费生活的必要的数目；而且我也不能接受这种牺牲。所以，今天我们就算是永远离别了。

“他要离开她，我的圣母！真是我的幸福!”

欧琴妮快乐得跳将起来。查礼动了一动，她吓得发冷；而他没有醒。她接着念：

什么时候我要回来呢？我不知道。印度诸地的气候可以使一个欧洲人立刻变老，特别是有工作的欧洲人。假定是十年罢。十年之后，你的女儿已经十八岁了，她可以伴着你，监视你。你的世界将要变成残忍的，你的女儿的世界也许是更为残忍。我们已经看到不少世人对于少女的批评，对于少女的孤恩；我们应当拿这些份子来做借鉴镜。请你将这四年的幸福的回忆保留在你的灵魂的深处，像我保留它一样；如果能够的话，请你忠实于你这可怜的朋友。不过，我也不能够强勉你，因为，你瞧，我亲爱的小安娜，我应当符合我的身份，用中产阶级的态度来看生活，实际的计算人生。我必得想结婚，因为结婚是我的新存在的必需品；而且我要对你承认我在这里，在苏穆尔，在我伯父家里已经找到一个堂姐，她的风姿、面貌、精神和心地都可以使你喜欢，而且在我看来，她似乎有……

信只写到此处为止。

“他恐怕太累了，不能够给她再写下去。”欧琴妮对自己说。

她在辩饰！这位天真的少女难道不能够在这封信里看到冷酷的痕迹吗？在一些受宗教的培养，无知而纯洁的少女看来，当她们插足可爱的热情园地之后，一切都是爱情。在那里走着，她们是被灵魂所反射出来的天光围绕着的，这光芒又反映在她们的爱人身上。她们用自己的情感的火焰来给他加上颜色，把自己的优美的思想归附在他的身上。女人的错误差不多都是来自她对于“善”的信仰，或对于“真”的信任。在欧琴妮方面，“我亲爱的小安娜”、“我的爱人儿”这些字眼在欧琴妮的心中回响着，就好像最美丽的爱情文学；这些字眼抚摩着她的灵魂，就好像童年时抚摩她耳朵的大风琴所转发出来的“来罢，赞美主!”的乐调。此外，浸润查礼眼睛的泪珠也给她显露出一切可以诱惑少女的心灵的高贵性。

她知道不知道，如果查礼这样的爱他的父亲，这样真切的哭他的父亲，这种温存与其说是来自他的好心田，勿宁说是来自父亲的好心呢？葛兰德·威廉夫妇因为总要满足儿子的幻想，就给他一切的欢乐，就妨阻他去做可怕的计算，这些计算多少是大部分的巴黎儿童的罪过，因为在巴黎的享受的诱惑之下，这些儿童都有许多欲望，悲哀的看着他们的计划被父亲的生存而不断的延搁，所以，父亲的奢侈就在儿子的心中种下一个真正的孝心，而且是没有后虑的。

然而，查礼是一个巴黎的儿童，因为受了巴黎的风俗和小安娜本身的熏陶，他也养成了计算一切的习惯，他早已在年青人的面具之下衰老了。他是在特殊的世界中受到可怕的教育。在这世界之中，一夜之内，他可以在思想方面、言语方面，做出比法庭所能够判罚的更多的罪恶；在这世界之中，花言巧语可以刺杀最良善的思想；在这世界之中，人们只服从力量，不注视公理；在这世界之中，所谓注视公理就是不相信一切，不相信情感，不相信人心，甚至于不相信事态在那里，人们做下许多的假事。在那里，所谓公正的看法，就是每天早晨细察朋友的钱包，知道如何用政治的手腕，站在一切事情的上风，暂时不崇拜任何的东西！不崇拜艺术，不崇拜高尚的行为，对于一切的事物都是以个人的利益为动机。在一千次的疯狂之后，这位伟大的夫人，美丽的小安娜，就迫着查礼去严肃的思考，她对他谈到她的将来的地位，在他头发中插着一只喷香的纤手；给他重新做过一个钮子，使他计算生活：她使他变成女性化，变成物质化。这是双重的腐化，然而却是漂亮、精美而有味儿的腐化。

“你是一个不谙世故的人，查礼，”她对他说，“我好容易才能教你认识人世。你对于陆包尔先生太不好了。我知道这个人的名誉不怎么好；但是你无妨等到他失势的时候才不慌不忙的鄙视他。你知道甘朋夫人对我们怎么说吗？‘孩子们，当一个人做大臣的时候，请你们敬重他；当他失势的时候，请你们帮着把他拉到垃圾堆去。有权势的时候，他是一种天神；败势的时候，他还不如混浊世界的马拉，因为他还活着，而马拉却已死了。生活是一套把戏，我们应当研究它、跟随它，因而能够永远保持好的地位。’”

查礼是一个太时髦的人，他受到父亲的过度的娇生惯养，受了人家的过分的阿谀，所以没有伟大的感情。他的母亲所给他扔去的钱他都把它们花在巴黎的各地方；他只糊里糊涂的乱花，甚至于略有交游即行耗费。但是查礼那时候只有二十一岁。在这年纪，生活的鲜味似乎是和灵魂的诚实分不开的。声音、眼色、面貌，好像都是和情感相协调的。所以最严厉的审判官、最多疑的律师、最苛刻的放债人总不大相信年青人的心田的老朽、计算的腐败，如果这些年青人的眼睛仍在清净的液流中游泳，他们的额头仍是毫无皱纹的话。查礼向来没有找到应用巴黎式的道德条律的机会，一直到这一天为止，他还是非常没有经验的。但是，在不知不觉之中，自私主义已经传播到他的身上来了。巴黎人所运用的政治经济的嫩芽已经潜存在他的心中，不久也就要在那里繁盛开花，只要他从一个放荡的旁观者变成一个实际生活舞台上的角色。

差不多一切的少女都把自己牺牲在这些外表的甜蜜上；但是欧琴妮是不是和一些外省的姑娘一样的谨慎和富有观察力呢？她能够在他堂弟的举止言行，尚能符合心气的举止言行中怀疑他吗？一不谨慎，就是她的不幸，可以使她拭去充溢心中的真正感觉的最后的流露，使她听见良心的最后的叹息。

所以，她就放下这封在她看来满充着爱情的书信，和悦的默视着熟睡的堂弟：在她看来，这面孔上仍旧表现有新鲜的生活的幻象；她先对自己发誓，要永远的爱他。

然后，她又瞥眼瞅着另外一封信，不觉得这种不谨慎的行为有什么重要的地方，如果她开始念这封信的话，这不过是为得到新的证据来证明她所选择的人的高贵的性格而已，正如一切的女人一样。

> 我亲爱的阿尔风斯，当你念这封信的时候，我已经没有朋友了。但是我要对从承认当我怀疑那些惯于滥用这句话的人时，我并没有怀疑你的友谊。所以，我要你替我做一些事，托你好好的利用我所有的。你现在应当知道我的地位。我什么也没有了，而且想要到印度诸地去。我刚给那些被我欠几个钱的人，写完几封信，你可以在这封信里找出一张附带的名单，是我根据我的记忆开出来的。我的书籍，我的家具，我的车辆，我的马匹，我想就够得还清我的债务。我只想留下没有价值的玩具，因为我很容易拿它们来开始做我的船货。我亲爱的阿尔风斯，我要从这里给你寄一张委任状去，委你代我售卖，免得有所争论。你可以把我的武器都给我寄来。然后，你可以给你自己留下百里顿。没有人能够出价钱来购

买这伟大的畜牲，我宁可把它送给你，好像临死的人给遗嘱执行人赠送常用的指环一样。法利比莱曼给我造了一个非常舒服的旅行车，不过还没有交货：告诉他们请他们留下这旅行车，不要向我请求赔价。如果他们拒绝这种办法的话，请你设法依据我现在的环境来免除一切可以妨害我的信用的事体。我短那位岛民六个苏，是赌博时输给他的，不要忘记了给他……

她念不下去。

“亲爱的堂弟!”欧琴妮说着，一面放下信，拿着一支点好的蜡烛，悄悄的跑到自己的房子里去。

她开了一个老橡木柜的抽屉。这不是没有剧烈的快乐情绪的。这个橡木柜是文艺复兴时代的一个美丽的作品，上面还可以看到半擦光了的著名的王袍上的火蛇。她从那里拿出了外祖母遗传给她的一个大钱包，是用红地金条的丝绒造成的，旁边是用陈旧的金银线缝上的。随后，她就非常骄傲的用手擦一擦这钱包的轻重，快乐的检查一下她这忘记了的小小的积蓄的数目。

她先拿开二十个还很簇新的葡萄牙钱，是一七二五年在约翰五世朝代铸成的，她父亲告诉她实价可以值得五个里斯本金元，或者每个换得一百六十八佛郎六十四参丁，不过换得好可以换到一百八十佛郎，因为这种货币很稀罕，并且非常的美丽，和太阳一样的发亮。

另外，五个热内亚金币，即五个一百佛郎的热内亚货币。这又是一种稀罕的货币，可以兑换八十七佛郎，换给爱好金币的人，可以换到一百佛郎。这是从老拉柏尔特里尔先生那里得来的。

另外，三个一七二九年西班牙裴烈腓五世所铸的金币，是庄特叶夫人所赠的。庄特叶夫人送给她这些金币的时候，总是向她说这同样的一句话："这可爱的金鸟，这小小金币，值得九十八佛郎！好好的收起来罢，我的小宝宝，这一定是你的宝库的精华。"

另外，她父亲最珍爱的一百个荷兰金币（有二十三开多的金），是一七五六年铸成的，每个约值十三佛郎。

另外，是一批大批古董，一些守财奴所珍贵的金币，三个有天秤铸像的虏比，五个有圣母铸像的虏比，都是由二十四开纯金铸成的。大蒙古的华丽的货币，每个价值三十七佛郎四十参丁，但卖给爱好收集黄金的人，至少可以卖到五十佛郎。

另外，前天刚收到的四十佛郎的拿破仑，是她疏忽放在红色钱包中的。

这宝库包含有这些新鲜的纯净的金币，是真正的艺术品。葛兰德伯有时要来打听，他要再看一看，使他的女儿知道这些货币的实在价值，给她畅谈那边缘的美丽、币面的光泽、字母的丰艳。但是，她并不想到这些珍贵，也没有想到父亲的奇癖，也没有想到放弃了父亲所珍惜的这个宝库之后的危险；不，她只想到她的堂弟，最后，几次的误算之后，她才明白她占有差不多五千八百佛郎的实价，可以很容易的卖到两千厄古。看了这些财富，她不禁鼓起掌来赞美，就好像一个小孩子不得不用身体上的动作来放弃过分的快乐一样。所以，父亲和女儿两个人都在计算着财产；父亲要去售卖他的黄金，欧琴妮要把黄金扔在情海之中。她把这些货币重新放在钱包里，毫不犹豫的拿着它，走上楼去。堂弟的隐痛使她忘记了黑夜，忘记了礼仪；而且她的良心，她的忠诚，她的幸福都是很强烈的。

当她一边手拿蜡烛一边手拿钱包走到门限的时候，查礼醒来了，他看见了他的堂姐，不胜惊愕，老张着嘴。欧琴妮向前走，把蜡烛放在棹上，用感动的声音说：

"我的堂弟，我请求您宽恕我的大错，但是如果您可以消抹这罪恶的话，上帝一定会赦宥我。”

“怎么回事呀?”查礼擦着眼睛说。

“我念过这两封信。”

查礼脸红了。

“这怎么做的?”她接着说，“我为什么上来?我现在真的都不知道了。但是我总觉得看了这两封信并没有什么可以懊悔的，因为这两封信使我知道您的心，您的灵魂，和……”

“和什么呀?”查礼问。

“和您的计划，您要弄到一笔款的困难……”

“我亲爱的堂姐……”

“嘘，嘘，我的堂弟!别这么大声，别叫醒了人家。这是，”她说着，一面打开了她的钱包，“一个什么也不需要的可怜的少女的金钱。查礼，请您收下罢。今天早上我不知道什么叫做金钱，是您教给我知道的，这不过是一种工具，没有别的。一个堂弟就和一个亲兄弟差不多，您很可以向您姐姐借钱。”

他继续着一声不响。这个成年女性而又是年轻少女的欧琴妮并没有预料到拒绝。

“那么?”她说。

他低下了头。

“您要拒绝吗?”欧琴妮问，她的心悸的声音回响在深沉的寂寞里。

她堂弟的犹豫使她退缩，可是他的必要却很剧烈的呈现在她的心上，她就跪下了。

“如果您不拿这金子，我就不起来!我的堂弟，赏一个脸罢，给我一个回答罢!……让我知道您敬重不敬重我，您是不是仁慈的，您是不是……”

听到这失望的呼声，查礼流出泪珠，落在堂姐的手上，他拉住她，阻止她下跪。受到这热泪，欧琴妮跳了起来，拿住她的钱包，把它倾倒在桌子之上。

“好，答应了，是不是？”她说着，流出高兴的眼泪，“不要怕，我的堂弟，您会发财。这些金子会给您带些幸福来；将来有一天，您可以报谢我；我们将来也可以结合在一起；总之，无论您给我什么情景，我都过得。但是，您千万不要把我这礼物看得太重。”

查礼终于能够表达他的情绪。

“是的，欧琴妮，如果我不接收的话，我就是太小器了。然而，东西还东西，信任还信任。”

“您是什么意思呢？”她很惊惶的说。

“您听，我亲爱的堂姐，那是……”

他打断了自己的话，指着衣橱上的一个用皮套子包裹的四方匣子。

“那是，您瞧，和我生活一样宝贵的一个东西。这个盒子是我母亲送给我的。今天早晨起，我就想着：如果我母亲能够从墓中出来的话，她一定要自己卖掉这金子，因为这金子是她爱护我而给我浪费造出来的。但是如果是我自己拿它卖掉的话，这种行为就是亵渎神圣了。”

欧琴妮听到这最后一句话的时候，不禁紧紧的握住堂弟的手。

“不，”在他们彼此含羞的注视一眼，暂时的小憩一会儿之后，他又接着说，“不，我不愿意毁坏它，也不愿意把它冒险带在路上。亲爱的欧琴妮，我就把它委托给您罢。朋友不会拿他的最神圣的东西委托给朋友。您可以想想。”

他去拿了盒子，从皮套中取出，打开，指给他那位感受惊叹的堂姐看这个化妆匣，这金匣子的细工是给金子加上重量以上的价值的。

“您所叹赏的东西，其实算不了什么，”他说着，一面拨一拨弹簧，使匣子的二重底跳了出来。“在我看来，这才是和全世界等价的东西。”

他拉出了两张画像，是米尔贝尔夫人的杰作，都是宝珠围绕着的。

“啊！一个美人！这不就是您给写信的那位？”

“不是，”他微笑的说，“这位太太是我的母亲，这是我的父亲，一个是您的叔叔，一个是您的婶婶。欧琴妮，我要跪着恳求您替我保存这个宝库。如果我死了，连您的小财产都丢了，这个金匣子就算是赔偿；而且也只有您一个人，我可以放心委托这两张画像的；您配得保存它们；如果它们要落在别人的手中的话，您就应当宁可把它们毁坏了……”

欧琴妮静静默默的。

“那么，答应了，是不是？”他有韵致的加上这一句。

听了堂弟刚才所说的话，她就给他投射去第一道情妇的秋波，这是带有一样的风流、一样的深刻的一道眼色；他拿着她的手，吻了她。

“纯洁的天使！在您我之间，金钱绝算不了什么，是不是？此后只有感情是一切。”

“您很像您的母亲。她的声音是不是和您一样的温和？”

“啊！还要温和得多……”

“是的，在您方面，”她说着，低下了她的眼睑，“好罢，查礼，睡觉去罢，我要您睡觉，您太累了。明天见。”

她悄悄的从堂弟的两只手中脱去了她的手。他照着路引着她回去。当他们两个都走到门限的时候：

“啊！我为什么破产了？”他说。

“嗯！我父亲很富，我想。”她回答。

“可怜的孩子!”查礼接着说，一面伸出一只脚踏进房子一步，把背靠住墙上，“那么，他不会让我的父亲死，他不会让你们这样的穷苦，他自己也不至于用这种方式来生活。”

“然而，他有福罗瓦风。”

“福罗瓦风值得什么?”

“我不知道，然而他有诺耶尔。”

“多坏的破田!”

“他有葡萄园和牧场……”

“他倒有惨剧，”查礼很傲慢的说，“如果您父亲有九万佛郎的收入，您还用住这间冷冷空空的房子吗?”他说着，又伸出左脚走进一步。“那儿，那儿就是我的宝库。”他说着，一面指着铁箱去遮盖他的思想。

“您睡觉去罢!”她说着，阻止他走进一间混乱的房子。

查礼退回去了。他们互相用微笑彼此说声晚安。

他们两个都在同一的梦中睡觉，从此之后，查礼也就在孝服上面撒了几朵玫瑰花。

第二天早晨，早饭之前，葛兰德夫人发现她的女儿伴着查礼散步。这位年青人还是很悲愁的，这是一个不幸的遗族在他悲哀的深处所应当有的；在测量他所堕入的地狱的深度，他已经感觉出将来的生活的重担了。

“父亲吃晚饭才能回来。”欧琴妮看见她母亲脸上的不安，就这样的说。

从欧琴妮的态度、她的脸色和她那温柔的声音里不难看出她和她堂弟的思想的相同。他们的灵魂早就热烈的结交着，基本于是在他们感到结合他们的情感的力量之前。查礼停留在大厅里，仍旧在那里保守着他的忧愁。三位女人各人都有各人的事情。葛兰德忘记了许多事，家里来了一大批的客人。盖屋匠，铅匠，泥水匠，填泥工人，木匠，看园的，种地的，有的来订立有关修理房屋的合同，有的来付清地租或者来收钱。因此，葛兰德夫人和欧琴妮就不得不走来走去，应付工人和乡下人的滔滔不绝的谈话。大拿囊把佃户所缴纳的东西收留在厨房里。她总是等着主人的命令，看看什么东西可以留着家里用，什么东西应当送到市场上去卖。好好先生的习惯，和一般乡下绅士的习惯一样，就是要喝杯酒，要吃烂果子。晚上将近五点钟，葛兰德从安儿尔回来，带来金子所换来的一万四千佛郎，在包夹里带来无数的国库证券，一直可以生息到他需要开付公债的日子为止。他把高尔诺瓦尔留在安儿尔，让他去看护蹄上受轻伤的马，等到这些马都好好的休息过，再把它们赶回来。

“我从安儿尔回来，我的太太，”他说，“我饿啦。”

大拿囊从厨房里喊了出来：

“您从昨天起一点儿东西也没吃吗?”

“什么也没吃。”好好先生回答。

大拿囊端汤来。当一家的人众都坐在桌旁的时候，国拉桑来听取他的主顾的命令。葛兰德伯只是看不见他的侄儿。

“慢慢的吃罢，葛兰德，”银行家说，“我们谈一谈好啦。您知道在安儿尔金子值多少钱吗？那里有很多人来给南特找金子。我要送一些儿去。”

“不要送去了，”好好先生答，“那儿已经够了。我要是让您损失，我就不够朋友。”

“然而，在那里金子值得十三佛郎五十参丁哩。”

“就说是值过这么多罢。”

“哪儿来的鬼?”

“我昨天夜里到安儿尔去。”葛兰德低声回答说。

银行家惊愕得发起抖来。

然后，他们就耳语的谈了一些话，在这谈话之中，国拉桑和葛兰德瞧了查礼好几遍。后来，当老木桶匠叫银行家给他买十万佛郎的公债券时，国拉桑又重新的发出惊讶的态度。

“葛兰德先生，”他对查礼说，“我要到巴黎去，如果您有什么事情托我……”

“没有什么事情，先生。谢谢您！”查礼回答。

“应当更深的感谢他，我的侄儿。先生是去给您料理葛兰德·威廉商店的事务的。”

“还有一点儿希望吗？”查礼问。

“但是，”这木桶匠用了造作的骄傲态度叫着说，“不是吗，我的侄儿？您的光荣就是我们的光荣。您不是也姓葛兰德吗？”

查礼站了起来，抱着葛兰德伯，吻着他，然后带着青白的脸，走出去了。欧琴妮默默的看清她的父亲，带着一颗钦佩的心。

“好罢，再见，我的好国拉桑，一切都靠着您，替我好好的劝诱那些人好啦！”

两位外交家互相致了握手礼，木桶匠引着银行家一直走到大门；然后，关了门，他就回来，沉埋在靠椅中，对大拿囊说：

“给我拿些芥仑子酒来！”

但是，他太兴奋了，他就站了起来，看了看拉柏尔特里尔先生的画像，一面喝着酒，一面做下大拿囊所谓的跳舞的步伐，唱起歌来：

在法兰西的卫士之中
我有一个好的爸爸……

大拿囊、葛兰德夫人、欧琴妮互相视察而不发一语。葡萄种植人的快乐等他到达最高峰的时候总要使她们惊异的。晚会不久就结束了。第一，葛兰德伯要早睡，并且当他睡觉的时候，一切家里人都得睡；就好像亚古斯督喝酒的时候，全波兰的人都得醉酒一样。大拿囊、查礼和欧琴妮也并不是不如家主的疲倦。至于葛兰德夫人呢，她向来是随着丈夫的欲望而睡觉、吃饭、喝水、走路的。然而，在特别因为消化而留下的两个钟头之内，比任何时候都滑稽的木桶匠却说了很多奇怪的警句，只有其中的一句就足以看出他的心机。当他吞下了他的芥仑子酒之后，他就瞅着杯子：

“等不到酒杯挨上嘴唇，酒就已经空了！这就是人生的故事。人类不能够又是现在又是过去。金钱不能够在您的钱包里又是流动，又是停息；不然的话，生命就太美妙了。”

他很快活，他很仁慈。当大拿囊拿了她的纺纱车来的时候，他就说：

“你该倦了罢。放下你的麻纱罢。”

“啊！……怎么？我会累吗？”女仆回答。

“可怜的拿囊！你要芥仑子酒吗？”

“啊！芥仑子酒，我并不说不要。太太做的比药师们配的还要好。他们卖的简直就是药。”

“糖放得太多，把味儿都败了。”好好先生说。

第二天八点钟的时候，大家都聚在一起吃早饭，整个的家庭呈现出一张真正亲热的第一个幕景。不幸把葛兰德夫人、欧琴妮和查礼三人突然的联结在一起；大拿囊自己很同情他们，然而自己却不知道。这四个人开始变成一家人。至于老葡萄种植人呢，他对于查礼的寄寓家中已经变成毫不相干的态度，因为他已经满足他的吝啬了，他只出了到南特的路费马上就可以看着这位花花公子离开这地方。他让这两位孩子——他这样的称呼查礼和欧琴妮——自由行动，认为在葛兰德夫人的监视之下，他们不至于有不良的行为，因为关于道德和宗教，他对于葛兰德夫人是有绝对的信任的。路旁的牧场和沟渠的布置，罗瓦尔河岸的白杨树的种植，园内和福罗瓦风的冬天的劳作，这一切的一切整个的占领了他的脑海。从此之后，欧琴妮的恋爱之花开始开放了。自从那天夜里堂姐把宝库送给堂弟之后，她的心早就跟着她的宝库走了。因为他们是同一阴谋的从犯，他们就互相的注视着，表达出一个相互的智慧，深化了他们的情感，使其更加相同、更加亲热，把他们两个人都放在平常的生活之外。亲属关系难道没有授权他们去产生一种温和的声调和一种柔媚的视线吗？所以，欧琴妮就喜欢使她的堂弟的痛苦酣睡在初恋的幼稚的快乐中。

难道在恋爱的开端和生命的开端之中没有一些优雅的共同之点吗？人类难道不是以甜蜜的歌声和温和的眼色来摇着小孩子吗？人们难道没有对小孩子说过优美的故事来粉饰他的将来吗？对于小孩子，希望难道不是不断的展开他那神采奕奕的翅膀吗？他不是忽而流出快乐的热泪忽而落下苦痛的泪珠吗？他不是为着什么小事情，急着求得砂石，拿来建筑转动的宫殿，为着求得那些立即被人忘却，被人剪断的花朵，而起争吵吗？难道他不是贪吝的抓住时间，步进生命之路吗？爱情是我们的第二次变形。在欧琴妮和查礼之间，童年和爱情是同样的东西，这是满带着稚气的幼稚的情动。这些稚气的行为对于他们的心是爱抚的，正如这些心是为忧愁所包裹一样。这爱情虽然挣扎着不愿意在这挂孝黑纱布之下产生出来，然而却和这毁坏了的外省的房子的单纯性相调和。

和堂姐在这冷静的庭院的井边交换了几句话，停留在这小花园之内，坐在一条椅子上一直等着太阳下山的时节，忙着对自己说些伟大的事情，或者退隐在堡垒和房子之间的寂寞的空气中，好像在礼拜堂的穹窿之下一样，这些环境使查礼了解了爱情的神圣，因为他的伟大的女人、他的亲爱的小安娜只使他认识扰揽的混乱。这时刻，他离开了风流的、虚荣的、艳丽的巴黎的情感，而走到了纯洁的、真实的爱情上面来。他爱这所房子，这房子内的风俗习惯在他看来已经不是那样的可笑了。

天一亮，他就下楼，希望能够在葛兰德下楼分配食量之前和欧琴妮谈几句话；等到好好先生的脚步在扶梯上震荡的时候，他就躲到花园里去。这早会，这小罪恶行为就连欧琴妮的母亲也不知道，大拿囊似乎也没有看见，然而却给世界上最贞洁的爱情印上了活泼的幽禁的快乐。然后，在早饭之后，当葛兰德伯出去看他的土地和他的堡植的时候，查礼总是混在母亲和女儿之中，做出许多不自觉的乐事，插手去绕线，去看她们做活，去听她们聊天。这种寺院式的简单的生活给他引起了世界上从未曾有的灵魂的美丽，剧烈的感动他。他以为这种风气绝不能够存在于法兰西，只能够存在于德意志，而且只是奇异的存在于拉方登·奥古斯特的小说中。他立刻觉得欧琴妮就是歌德的理想的马尔格里特，绝无错误。

一天一天的，他的视线、他的谈吐使这可怜的少女醉心，使她甜蜜的献身于爱情；她所受到的幸福就好像是一个游泳家抓住一根柳枝，从河中脱出想要爬出河来，躺在河岸休息一样。不久即要离别的悲惨难道不是已经使这些最像逃兵的日子的最快乐的时刻变成惨淡的吗？所以，在国拉桑动身后三天，查礼就被葛兰德带到初审的法庭去正式的在外省人围观之下签定了否认继承父产的契约。可怕的放弃啊！一种家庭的离叛！他又走到古虑曹家里预备了两张委任状，一张给国拉桑，一张给受他嘱托售卖家具的朋友。然后，他就办完各种必要的手续，去领取一张到外国去的护照。最后，当查礼向巴黎定购的普通孝服来了的时候，他就在苏穆尔叫到一个裁缝，把无用的衣服都卖给他。这种行为特别使葛兰德伯高兴。

“啊！您已经是一个应当上船，要去发财的人啦，”他看见他穿着一个黑粗布的旅行衣服，就这样的对他说，“好，好极啦!”

“我请您相信，先生，”查礼回答他说，“我知道在我的地位应当有什么精神。”

“这是什么东西?”好好先生说，他的眼睛被查礼所拿出给他看的一把金子所激动了。

“先生，我把我的钮子，我的戒指，我所有而值得几个钱的一切过多的东西都合在一起；但是我在苏穆尔一个人也不认识，今天我要请您……”

“买您的吗?”葛尔德插着说。

“不是，我的伯伯，我要您给我指点出一个忠实可靠的人……”

“就给我罢，我的侄儿；我到上面去给估计估计看这些东西，再回来告诉您值得多少，一文一文算得清清楚楚的。首饰的金子，”他一面说，一面细察着一条长链子，“是十八九开的金。”

好好先生伸出长手，带走了那堆金子。

“我的堂姐，”查礼说，“让我送您这两个钮子，您可以用它来把花边扣在您的手腕上。这就成了一只时髦的镯子。”

“我一定收下，我的堂弟。”她说着，一面对他投去了一道意会的眼色。

“我的伯母，这是我母亲的顶针，我很宝贵的把它存在我的旅行梳妆箱里。”查礼说着，一面给葛兰德夫人献出一只好看的金顶针，是她十年来所想要的。

“我也找不到什么东西来酬谢您，我的侄儿，”老母亲说，泪珠润湿了她的眼睛，“早晨晚上，在我祷告的时候，我要加上一个最迫切的祷告，特别为您的旅行祷告。如果我死了的话，我要叫欧琴妮给您保守这首饰。”

“这值得九百九十九佛郎七十五参丁，我的侄儿，”葛兰德一面开门，一面说，“但是，为着避免出卖的麻烦起见，我可以算钱给你……照佛郎计算。”

“照佛郎计算”这个字眼在罗瓦尔河岸的居民中，它的意义是六佛郎的厄古必得算六佛郎，不折不扣。

“我不敢对您提这个，”查礼回答，“但是，我不愿意把我的首饰在您所居住的城里售卖。拿破仑曾经说过：‘脏的衣服必得搁在家里洗。’我谢谢您的好意。”

葛兰德抓了抓耳朵，大家寂寞了一会儿。

“我亲爱的伯伯，”查礼接着说，一面不安的看着他，好像怕要损伤了他的易脆性似的，“我的堂姐、我的伯母都愿意接受我的小纪念品；希望您也答应接受我几个没有用处的袖钮，这可以使您回想到一个孩子，他在远地里总要念到他的全家的人。”

“我的孩子，我的孩子，不要这样的剥削了你自己……我的太太，你有什么？”他很贪婪的转过身来对她说，“啊！一个金顶针！——你呢，我的女儿？瞧，金刚钻的钮子。好罢，我就拿你的钮子罢，我的孩子。”他接着说，握住查礼的手，“但是……让我……付……你的……是的，你到印度诸地去的旅费。是的，我要付你的旅费。你瞧，我的孩子，我只拿碎金的价钱来估计你的首饰，也许再加上工钱还可以多值一些。话说完啦。我要给你一千五百佛郎……照佛郎计算，古虑曹能借我钱；因为我这里一个铜子儿也没有，如果迟缴租钱的白落德还不付我的话，等着，等着，我要看看古虑曹去。”

他拿起帽子，戴上手套，出去了。

“您要出去，是不是？”欧琴妮对他说，一面对他投去一道悲愁而杂有钦佩的眼色。

“我只好出去。”他低下头回答。

几天以来，查礼的神采、态度、言语都变成非常愁苦的，然而觉到有重大的责任压在肩上，他就从不幸之中汲取一种新的勇气。他不再叹息，他是一个大人了。同样的，当欧琴妮看见她的堂弟穿着黑色的粗布衣裳从扶梯下来的时候，她就觉得他的性格是再好不过的，这衣裳和他那苍白的脸孔、他那黯淡的举止颇为调和。那一天，两位女人都挂了孝，和查礼一同到教堂去参加已故葛兰德·威廉的招魂弥撒。

吃中饭的时候，查礼收到许多巴黎寄来的信，他看了这些信。

“唉，我的堂弟，您对于您的事儿都满意了吗？”欧琴妮低声问。

“绝不要问这些问题，我的女儿，”葛兰德警诫她说，“真是魔鬼！我连我的事儿都没有对你说过，为什么你要在你堂弟的事儿中多嘴呢？让他这孩子去罢。”

“啊！我一点儿也不秘密。”查礼说。

“哒，哒，哒，哒！我的侄儿，你将来就懂得做买卖是得压住舌头不说话的。”

当两个爱人单独的留在花园的时候，查礼把欧琴妮拉到一条老凳子上，大家坐在胡桃树下。他就对她说：

“我对阿尔风斯很信任，他的举动很得体。他替我办事又小心，又忠实。在巴黎我什么债也不短，我的家具都好好的卖掉了，他还告诉我听了一位老船长的话，把剩下的三千佛郎给我预备了一些船货，这是一些欧洲的奇货，许多人都靠这些船货在印度诸地获到大利。他把我的货包送到南特去，因为那边有一条船要载货到爪哇去。五天之后，我们就得说声再见了，也许是永远的再见，至少也是很长久的。我的船货和两位朋友送给我的一万佛郎就是我的小本钱。几年之内，我想总不会回来的。我亲爱的堂姐，不要把我的生命和您的生命放在同一的天平之上，说不定我死了，也许您会成了一个很富的家。”

“您爱我吗？”她说。

查礼从腰里挽住了欧琴妮，把她轻轻的拢在自己的身上。

“啊，是的，我很爱您!”

“我要等着您，查礼！天哪，我父亲正在他的窗户前边哩。”她说着，推开了走近她想要拥抱她的堂弟。

她躲到穹窿底下，查礼追着她；看见他来，她又退到扶梯脚前，开了弹簧门，然后，连自己也不知道清楚走到哪儿去，欧琴妮发现自己是在大拿囊的陋室的旁边，走廊中最黑暗的地方；在那里，伴着她来的查礼就握住她的手，拉向自己的怀里，再从腰里挽住了她，把她轻轻的拢在自己的身上。欧琴妮不再反抗了，她接受了一个最纯洁、最甜蜜、最完全的接吻，同时也给了他一个同样的。

“亲爱的欧琴妮，一个堂弟比一个弟兄还要好，他可以娶你。”查礼对她说。

“但望如此!”大拿囊开了陋室的门，叫着说。

两位被吓了的爱人躲到大厅里去。欧琴妮又拿起了她的活计。查礼在葛兰德夫人的祈祷书中念读祷文。

“呀!”大拿囊说，“咱们大家都在祷告哩。”

自从查礼宣布动身的日期之后，葛兰德就做出了许多举动，要让人家相信他对侄儿是很关心的；一切不用花钱的事，他都办得很慷慨；他特别为侄儿找来一个打包货物的人，说这个人要很贵的卖他的木箱；于是，他想尽力的自己来做箱子，用老木板来做。清早起来之后，他就刨削、调整、修平这些薄板，再加上螺丝钉，造成了一些非常美丽的木箱，又把查礼的一切东西都装在里头。他又自告奋勇要把这些箱子用船运下罗瓦尔河，给保了险，要在有效的时间内运到南特。

自从走廊中接了一吻之后，欧琴妮觉得时间的流逝是惊人的快速。有的时候，她甚至于想要跟着她的堂弟去，认识那些因为年纪、时间、暴病或其他人生的不幸而日益衰瘦的最富有感情的女人的人可以了解欧琴妮的悲哀。她常常在花园里散步流泪，这花园现在是太狭窄了；正如院里，家中和城内一样。她的心已经预先走上茫茫大海了。

最后，离别的前夜来了。清早，当葛兰德和大拿囊不在的时候，那存有两张肖像的小箱子就正式的被人安放在有锁锁住的铁柜的唯一的抽屉中，那里的钱包现在已经是空空如也了。这宝物的贮藏并不是没有陪上无数的接吻、无数的泪珠的。当欧琴妮把钥匙放在怀中的时候，她已经没有勇气阻止查礼在这里接吻了。

“这钥匙不会再从那里跑出来，我的朋友。”

“好罢，我的爱，我的心也要永远停留在那儿。”

“啊！查礼，这不好。”她用略带叱责的语调说。

“我们不是还没有结婚吗?”他回答，“我听你的话，请你也听我的。”

“永远属于你的!”两人同样的说了这一句。

世界上任何的誓约都没有这样的纯洁：欧琴妮的诚实暂时使查礼的爱情神圣化。

第二天早晨，早饭是很悲哀的。虽然大拿囊收到查礼送给她的那件金花衣服和一个小约翰式的小十字架，她也让她的情感自由发泄，在眼睛上挂了一颗泪珠。

“这可怜的小少爷，他要到海上去旅行去……上帝引导他!”

十点半钟，全家预备出动，送查礼到来往南特的公共马车。大拿囊放了狗，关了门，愿意给查礼背旅行箱。老街道的一切商人都站在店铺的门限上瞧着这大队人马，古虑曹法律公证人也在半路上参加行伍。

“等会儿别哭啦，欧琴妮。”母亲对她说。

“我的侄儿，”葛兰德在旅馆门下，吻着查礼的双颊，这样说，“穷着出去，发财回来，你可以找回你父亲的光荣。我会报答你，我，葛兰德；只要你……”

“啊！我的伯伯，您柔和了我的离愁。这难道不是您所能送给我的礼物吗？”

打断了这老木桶匠所说的不大懂得的话，查礼在他伯伯的棕色脸孔上洒了感激的热泪，欧琴妮则用全力紧握着他堂弟和他父亲两个人的手。只有法律公证人一个人微笑着，心里钦佩葛兰德的细腻，因为只有他一个人清楚懂得这位好好先生。四个被许多人所包围的苏穆尔人停留在车前，一直等到开车为止；然后，当马车在桥上消失，只从远处传来车轮的声响时，这位葡萄种植人就说：

“一路平安！”

幸亏只有古虑曹公证人一个人听见这句感叹的话。欧琴妮和她的母亲已经跑到还可以看见马车的河岸的一角上，在那里招舞着她们的白色手绢，查礼也用自己的手绢来回答。

“我的母亲，我希望这时候有上帝一般的神桶。”当欧琴妮再也看不见她堂弟的手绢时，她这样说。

为着不要中断叙述葛兰德家庭所发生的事故起见，我们应当预先瞥眼一视这位好好先生在巴黎委托国拉桑从中周旋的动作。银行家走后一个月，葛兰德得到一张价值十万佛郎的国债登记证，是他用八十佛郎的行市买进来的。一直等到他死了之后，他的清单也不能给人任何的线索去证明他在疑虑之中是用什么方法用登记证据的价值换来登记证本身。古虑曹公证人以为是大拿囊在不知不觉之中做了钱财转运的忠实的工具。这其间，这位女仆曾经离家五天，说是要到福罗瓦风去料理一些小事，这位好好先生似乎会使一些事务延搁的。

至于葛兰德·威廉商店的事，一切都依照木桶匠的预见实现了。

大家都知道在法兰西银行里有许多关于巴黎和外省各大资本家的最正确的记载。苏穆尔的国拉桑和葛兰德·费利克斯的名字也在其内，而且享有财政上的盛名的，因为他们有庞大而未曾抵押的土地产业。受人委托特为清算巴黎葛兰德商店的这位苏穆尔银行家的到临，就够得消除商业中拒绝应用该商店证券的黯淡的耻辱。封条是在许多债权人之前取去了，该店的法律公证人开始正式的进行继承的清单，国拉桑马上召集了债权人来开会，大家都一致选举苏穆尔的银行家为清算员，再辅以一位最有关的富商克礼·佛兰苏瓦，委给他们全权去挽救这家庭的荣誉和证券。苏穆尔的葛兰德的信用和国拉桑在债权人心中所散播的希望使这一次的和解易于进行，在这些债权人之中，连一个拗执的人也没有碰到。没有一个人想把他的债权过在盈亏的账目中，每一个人都说：

“苏穆尔的葛兰德曾付这笔钱!”

六个月的时光过去了。巴黎人已经依据流通的证券付钱，而把他们保存在钱包里面了。这是木桶匠所要得到的第一个结果。

第一次会议之后九个月，两位清算员就给债权人分配了百分之四十七。这笔款是由拍卖已故葛兰德·威廉的证券、货物、动产、不动产所得到的，这拍卖而且是用小心的忠实进行的。这一次的清算至为廉洁。债权人欣然的承认了葛兰德弟兄的可钦佩的无可异议的荣誉。后来，当这赞誉到处流行的时候，债权人就要求还没有偿付的一部分钱。他们就给葛兰德写了一封公函。

“我们现在只能做到这一步。”老木桶匠一面说，一面把信扔在火里，“请诸位忍耐一下。”

在回复这封信所包含的提议时，苏穆尔的葛兰德要求把一切换取他弟弟承继权的现存的债权证书都存放在一个法律公证人家里，同时把已付过的收据也放在一起，说是要清理账目，要合法的制造承继的清单。信存放引起了成千的困难。

一般的说，债权人就是一种有怪癖的人。今天他已经准备好要结束，明天他却要整个的扰乱，后来他又变成一个离奇的弱者。今天，他的太太是诙谐的，他的小儿子出牙，家里一切都弄得好，他不愿意损失一文钱；明天下了雨，他不能够出门，他就很愁闷，只要能够了结一桩事，无论什么条件都答应；后天，他就要担保品了，到月底他就吹牛的说要给你执行死刑，要当刽子手！债权人的癖气有点像人家叫小孩子把一粒盐放在小麻雀的尾巴上；但是债权人一说到他自己的债权，他就不愿意人家这么做，因为这样一来，他什么也抓不到。

葛兰德看出了债权人这些变化无常的空气，他也看出弟弟的债权人是逃不出这计算的。一部分人生了气，干干脆脆的反对这存放。

“妙，办得妙。”葛兰德一面说，一面摩擦着手，念着国拉桑给他写的关于这个问题的信。

有的人只能够在某种条件之下赞同这存放，就是：必须证明清楚不放弃他们的权利给任何的人，甚至于保留宣布破产的权利。重新通信之后，苏穆尔的葛兰德接受了一切的要求。利用了这个退让，使人承认和善的债权人比强硬的债权人有道理。存放算是实行了，不过也不是没有怨言恨语罢了。

“这位好好先生，”人们对国拉桑说，“他给您，给我们都开了一个大玩笑。”

葛兰德·威廉死后二十三个月，很多的商人都因为受了巴黎商业市场的牵扯已经忘记了这笔款项，他们只想到：

“我开始相信我只能得到百分之四十七了。”

这木桶匠已经计算出时间的力量，他说时间是一个良善的魔鬼。

第三年年底，国拉桑给葛兰德写信，说是用了葛兰德商店所欠的二百四十万佛郎的百分之十，他就能够引诱债权人把证券交回来。

葛兰德回信说那两位因为破产而使他的兄弟自杀的法律公证人和经纪人现在还活着，他们应当是很不坏的，现在应当控告他们，希望能够榨出一些东西，减低亏空。

第四年年底，这亏空算是减到十二万佛郎了。在清算员和债权人之中，葛兰德和清算员之间有了六个月的谈判。总之，当人们强烈的逼着他执行的时候，苏穆尔的葛兰德就在这一年的第九个月左右回答清算员说他的侄儿在印度诸地致富，并且曾经表示过要整个的还清他的父亲的欠债，他不能够没有经过侄儿的同意，擅自拍卖；他得等一个回信。

第五年年中，债权人还是对于“整个的还清”这句话毫无办法，这句话渐渐被卓越的木桶匠放松了。木桶匠躲在胡须里发笑，而且从来没有缺乏一个精巧的微笑和一个亵渎的口气而说一句：“这些巴黎人呀！”

但是这些债权人都在商业记录中倒了一个空前的大霉。当这篇故事还要使他们露面的时候，他们还是处在葛兰德所给他们排布好的境地里。

当公债到达一百十五的时候，葛兰德伯就卖出，从巴黎抽回将近二百四十万佛郎的金币，和登记证所给他弄到的六十万佛郎的复利一同放在他的钱桶里。

国拉桑留在巴黎，下面是原因：第一，他被选为议员；其次，虽然他已是一家之父，他却厌倦苏穆尔的烦腻生活，溺爱于夫人剧院的一个最美丽的女伶佛罗林，他的军人故态又发作了。我们也用不着来叙述他的行为，苏穆尔人都认为他的行为是非常不道德的。他的妻子非常高兴能够和他分产，能够有相当的力量来支配苏穆尔行里的事务，因而能够弥补国拉桑先生的疯狂对于他的财产所做下的损失。这行里的事务现在是在她的名义之下进行着的。诸位古虑曹更加落井下石，使这位活寡妇的倒霉的情景日趋恶劣。她把她的女儿嫁得太坏，并且也不得不放弃了为她儿子结亲葛兰德·欧琴妮的野心。阿窦甫到巴黎去找他的父亲，人们说他在那儿已经变成了一个非常坏的家伙。诸位古虑曹算是胜利了。

“您丈夫没有什么好念头，”葛兰德借给国拉桑夫人一笔款，跟她讨好，这样说，“我很替您抱怨，您是一个好太太。”

“啊！先生。”可怜的妇人答，“谁相信那天离开您家到巴黎去的时候，他就跑到毁灭的路上去了呢?”

“上天为证，太太，我从头到尾都是用尽可能的力量阻止他去的。院长曾经想尽方法要代替他；然而他却坚持要去，现在我们明白是什么道理了。”

于是，葛兰德对于国拉桑也没有任何的责任了。

第五章　家庭的悲哀

无论在哪一种环境之下，使女人们苦恼的原因都比使男人们苦恼的原因多，女人们所受的苦痛也比男人们所受的苦痛大。男人有他的力气和发挥力量的训练：他动作，他行走，他忙碌，他思想，他计划将来，获得安慰。查礼就是如此。但是女人却固守着、面对着她的悲哀，怎么样也不能够排遣；她一直堕落到男人所给她挖掘的地狱的深底，常常用她的愿望和她的眼泪来测量、来填满这地狱。欧琴妮就是这么干。她开始走进她的命运。感觉、爱恋、苦痛、委身，这些总是女人生活的课程。欧琴妮应当是整个的女人，除了没有安慰她的东西以外。她的幸福，正如包斯埃所说的，就好像是钉在墙上的一大堆螺丝钉，总有一天不能够填补她亲手挖开的孔洞。悲哀用不着等待，它立刻就要降临到她的身上来。

查礼动身的第二天，葛兰德家中一切的人都恢复了本来的姿态，只有欧琴妮忽然觉得家里很空虚。瞒着她的父亲，她提议要查礼的房子保守他临走时的样子。葛兰德夫人和大拿囊也愿意当同犯者，保持这房子的既定的状态。

“谁知道他不会比我们所想的还要早回来呢？”她说。

“啊！我希望能够再看见他在这儿，”大拿囊回答，“我跟他很熟啦！他是一个很温和、很完全的青年，几乎和女人一样的好看、一样的温柔。”

欧琴妮瞪了大拿囊一眼。

“圣母！小姐，您那一对眼睛真是太迷人啦，别这样的瞧人罢。”

自从这一天起，葛兰德小姐的美丽又变更了一个新的性格。侵略她灵魂的沉重的爱情思想，被人爱慕的女人的尊严使她的面纹发出一道光彩，就是绘画家所谓的顶上圆光。在她堂弟未来之前，欧琴妮好比是没有怀胎之前的圣处女：在他走了之后，她就好像是做了母亲之后的圣处女：她已经懂得爱情了。这两个玛利亚，这两个这样不同、这样被西班牙的画家表现出来的玛利亚，实在是基督教中所有的一个最光明的面像。

查礼走后的第二天，她又到礼拜堂去，并且发誓要每天去，做完了弥撒回来的时候，她在城里一间书铺里买来了一张世界地图，把它钉在靠近镜台的地方，希望能够跟随着她的堂弟到印度诸地去的路线，能够早晚把自己置身于船中，去看他，去给他发出成千的问题，去对他说：你好吗？你不苦吗？当你看见那彩云的时候（这彩云的美丽和其对爱情的用处是你教给我的），你会想到我吗？

然后，清早的时分，她总在胡桃树下沉思，坐在那被虫子蚀毁而满布青苔的木凳子上；在这里他们曾经说过不知道多少甜蜜而幼稚的话；在这里他们曾经为他们的美妙的小家庭建筑过西班牙式的宫殿。她窥视着围墙所拱抱的小小的天空，想到将来；然后，又看着墙壁和盖住查礼的房子的屋顶。这是一种孤寂的爱情，永远存在的真实的爱情，这爱情溜过一切的思念，变成一个本体，或如我们祖宗所说的，变成一个生命的元素。

当那些所谓葛兰德伯的朋友晚上来酬应的时候，她很快乐，装做高兴的样子；但是整个的早晨，她总是跟母亲和大拿囊谈到查礼。大拿囊知道如何能够怜悯小女主人的痛苦而不至于妨碍她对于老主人的责任，她对欧琴妮说：

“如果我有一个男人，我一定要……跟着他到地狱里去。我一定要……要什么！……一句话，我一定要为他拼命；但是……没有呀。我一定要到死还不知道什么是人生的滋味。小姐，您相信不相信？老高尔诺瓦尔总算是一个好人，您相信他在我的裙边给我围些什么，他给我带些什么东西；他就好像来这里嗅闻先生的暗库而逢迎您的人一样。我看得出这些事，因为我还仔细，虽然我和塔一样的粗大；唉，小姐，这使我很高兴，虽然这不算是爱情。”

两个月就这样的过去了。这家庭的生活，本来是很单调的，现在却活泼起来了，因为有一个极大的秘密的兴味把三位女人亲切的联结在一起。在她们心目中，查礼仍然是在这大厅的灰色天花板下生活着，走来，走去。早上，晚间，欧琴妮都开了梳妆匣，默默的打量着她的婶母的肖像。一个星期日早晨，正当她忙着在这肖像的面上寻找和查礼相似的面纹时，她突然被她的母亲惊吓了。自此之后，葛兰德夫人才知道这位旅行家和欧琴妮交换宝物的秘密。

“你把一切都给了他！”大为惧吓了的母亲说，“那么，新年正月初一，你父亲要看你的金子，你要怎么跟他说呢？”

欧琴妮的眼睛呆定了；这两位女人在这早晨的下半时间都生活在极大的恐怖之中。她们害怕极了，甚至于耽误了大弥撒，只赶上参加军队的弥撒。

三天之后，一八一九年就结束了。三天之后就有一个可怕的事态发生，一个没有毒药、没有拳头、没有流血的中产阶级的惨剧就要产生了。依照角色来说，这惨剧是比著名的阿提里德家庭所演的把戏还要残忍。

“我们怎么办呢？”葛兰德夫人把编织的东西放在膝上，对她的女儿说。

可怜的母亲这两个月以来感受到非常的麻烦，甚至于冬天所需要的毛衣袖头还没有织完。这种家庭的琐事，在表面上看来，是极乎渺小的，然而在她方面却有许多悲惨的结果。没有衣袖的话，当她的丈夫发怒，使她满身流汗的时候，寒冷是要更残酷的打击她的。

“我想，我可怜的孩子，如果你把你的秘密早告诉了我，我们还有时间给巴黎国拉桑先生写信。他可以给我们寄来一些和你的金子相似的钱币；虽然你父亲认得，也许……”

“然而，我们到哪儿去拿这些钱呢？”

“我有我自己的体己；况且国拉桑先生跟我们有……”

“时间来不及了，”欧琴妮的声音哑了、变调了，她打断了母亲的话，这样回答她，“明天早上我们不是得到他的房子给他拜年去吗？”

“可是，我的女儿，我为什么不去看看古虑曹他们去？”

“不，不，这就是把我送给他们，把我们弄成他们的附属品了。况且，我已经决定了。好汉做事好汉当，我不后悔。上帝能够保护我。愿上帝的旨意能够施行。啊！如果你看到他的信，你就不能够不为他设想，我的母亲。”

第二天早晨，一八二〇年的一月一日，打击母女两人的可怕的季节气候给她们贡献了最自然的借口，不到葛兰德的房子里来。一八一九至一八二〇间的冬天是这时代中最寒冷的一个冬天。雪压积着一切的屋顶。

葛兰德夫人听见她丈夫在房子里转动，就对他说：

“葛兰德，叫拿囊到我房子给弄一点儿火来罢。天气太冷啦，我在被窝里都冻僵啦。我年纪够大啦，我得提防提防。——并且，”她歇了一歇，又说，“欧琴妮也要到这儿来穿衣服。这个天气，她在房子里梳妆可不要冻病了吗？然后，我们就要到大厅的壁炉旁边来给你拜年。”

“哒，哒，哒，哒，说什么话！这个大年头，葛兰德夫人！你向来没有说这样多的话。然而，我想，你也并没有吃过浸酒的面包罢。”

一会儿的寂寞。

“好罢，”好好先生又说，无疑的他的妻子的提议使他同意了，“你要什么我给你弄什么，葛兰德夫人。你真是一个好女人，我不愿意你到了这个年纪还受罪，虽然拉柏尔特里尔家里人都是水门汀倒成的。——哟，不是吗？”他歇了一歇，叫了起来。“总之，我们却继承了他们的，我原谅他们。”

于是，他就咳嗽了。

“今天早上，您很高兴，先生。”可怜的女人沉着的说。

“永远高兴，我……快乐，快乐，真快乐，这个木桶商，请您修理修理您的大脚盆！”

他穿好衣服，走进妻子的房子，一面加上这一句话：“真的，糟糕，还是冷得很呀。我的太太，今天早饭，我们有好东西吃啦。国拉桑给我寄了一个茯苓肥肝饼来！我要到马车站去找去。——他一定还给欧琴妮寄来一个双拿破仑，”木桶匠起来，朝着她的耳朵说，“我已经没有金子了，我的太太。我还有几个老金币，我可以告诉你，但是得把这些钱拿去做些事情呀。”

随后，为着庆祝新年，他就吻了她的额头。

“欧琴妮，”这位慈祥的母亲叫她，“我不知道你父亲在哪一边睡，但是今天早上他真是一个好人，哈，我们逃得开啦。”

“我们的主人到底怎么回事啦?”大拿囊说着，到她的女主人的房子里来生火，“他先对我说：‘今天好，新年好，大傻瓜！到我太太房子去生火去罢，她冷啦。’然后，他就伸出手来给我一个一点儿都没有倒梭的六佛郎的厄古，真把我呆住了，就像鹿豕一样！瞧他，太太！啊！好人嘛，总是一位有身份的人。有的人越老心越硬，可是他却变成软和的，就像你的芥仑子酒一样，变得越来越好了。他真是一个顶完全、顶和善的人哟……”

葛兰德所以这样快乐的秘密，就是因为他的投机事业的成功。国拉桑先生结算了木桶匠短他的十五万佛郎荷兰券和购买十万佛郎公债的支票之后，给他从邮站寄来三万佛郎的厄古，是葛兰德的半年的公债利息所剩下的。国拉桑又告诉他公债的价格上涨了。当时公债的价格是八十九，然而一些最有名的资本家都用九十二的价格购买一月底的期货。两个月以来，葛兰德已经赚了资本的百分之十二。他已经清了账目，从此之后，他可以每半年拿到五万佛郎，用不着纳税，也用不着修理费。他想出了外省人最觉得讨厌的公债买卖，他看出，不到五年，他就要不费力量的变成一个六百万的富翁，再加上他的地产，他就有一个庞大的财富了。给大拿囊的六佛郎也许就是这位女仆在不自知中替她主人效过大劳所得到的微贱的酬金。

“喂，喂！葛兰德伯到哪儿去呢？清早以来他好像是失了火一般的到处奔跑。”正忙于关店门的商人互相说。

然后，当他们看见他从站里回来，跟着一个转运公司的驿夫在小车上给他运来一些满满的口袋的时候，其中的一个就说：

“水总流到江河里，这位好好先生也总是朝着他的厄古跑。”

“这些钱都是从巴黎，从福罗瓦风，从荷兰来的！”另外一个说。

“他将来总会把整个的苏穆尔都买到手！”第三个叫着说。

“呃，呃，葛兰德先生，如果您觉得不方便，”他最亲近的邻居，一个布商对他说，“我可以替您把它安放起来。”

“嗯！这是些铜苏。”葡萄种植人说。

“是银子。”驿夫低声的说。

“如果你要我照顾你，就请你别多嘴。”好好先生一面开门，一面说。

“啊！老狐狸！我以为他是聋子哩，”驿夫心里想，“好像天气冷，他就听得见。”

“这是二十苏，给你送年礼，别张声。快点走罢，”葛兰德对他说，“拿囊会把小车送给你。——拿囊，女人们是不是到礼拜堂去做弥撒去呢？”

“是的，先生。”

“好，提起脚！我们工作罢！”他把口袋委托给她，大声的喊。

一会儿，这些厄古就被运到他的房子里，他就把自己锁在里边。

“早饭到了，你就给我在墙上敲几下。把小车送到转运公司去好啦。”

一直到十点钟，一家人才吃早饭。

“这边来，你父亲不会要你的金子啦。”葛兰德夫人做完弥撒回来的时候对她的女儿说，“还有，你得装做怕冷。等到你的生日来了，我们就有时间把你的金子补上。”

葛兰德走下扶梯，一面想着要把这巴黎的银厄古赶快变成金子，又想到做到火候的公债的投机生意。他决定要把他的收入都拿来买公债，一直等到公债涨到一百佛郎。这是给欧琴妮一个致命伤的计划。

他一进来，两位女人就给他说了一声“新年好”，他的女儿跳上抱住他的颈项去谄媚他。葛兰德夫人则是沉重而严肃的。

“啊！啊！我的孩子，”他吻着女儿的两颊说，“我是为你工作，你知道！……我要你幸福。要幸福就得有钱。没有钱可就难啦。这是一个簇新的拿破仑，我是从巴黎把它弄来的。我可以发誓，这里一点儿金子也没有。只有你有金子。给我瞧瞧你的金子罢！女——女儿。”

“哎哟，太冷啦，我们吃早饭去罢。”欧琴妮回答。

“好，等等再瞧，是不是？这可以帮助我们消化。国拉桑那个胖家伙到底给我们送了这个来，”他接着说，“好吃罢，孩子们，这是不用花钱的。国拉桑很不错，我很满意他。这位胖鬼给查礼做了许多事情，一个钱也不要。对于这位可怜的已故的葛兰德的事情，他办得很得体——唔唔！唔唔！”他歇了一歇，满满的吃了一口，做着这声音，“这真好吃！我的太太，吃罢！这至少可以补养两天。”

“我不饿，我是多病的人，你知道。”

“啊！嗯！你尽管多吃，不用怕吃破肚皮；你是拉柏尔特里尔家的一位女人，你很结实。你是浅黄色种的后裔，但是我就喜欢黄种人。”

一个死囚等待着当众的不名誉的死刑还没有葛兰德夫人和欧琴妮等待着这顿饭后所要发生的事态所有的恐惧。这位老葡萄种植人说得越高兴，吃得越痛快，这两位女人的心也就越缩得紧。不过，女儿总还有一个依赖，她能够从爱情里吸取力量。

“为着他，为着他，我可以忍受一千个的痛苦。”她对自己说。

想到这些，她就给她的母亲投去几个满充着勇气的灿烂的眼色。

“把桌面上的东西都拿走，”十一点钟左右早饭吃完的时候，葛兰德对大拿囊说，“只给我们留下桌子。——我们更有清闲来瞧瞧你的小宝库，”他瞅着欧琴妮说，“小，不，一点儿也不小！你有五千九百五十九佛郎的实价，再加上今天的四十佛郎，合计六千佛郎差一个。好罢，我就给你这个佛郎，给你凑成整数，因为你知道，女——女儿……唉，你为什么听我们说话呢？你走开罢，拿囊，干你的活去罢。”好好先生说。

大拿囊溜走了。

“听，欧琴妮，你得把你的金子给我，你不会拒绝你的父——父亲罢，我的小女儿？”

两个女人装哑巴，一声不响。

“我已经没有金子了我。以前我有，现在可没有了。我还你六千佛郎的现款，你可以依照我的话拿它来投资。别想什么‘十二’。你结婚的时候，这也是不久的事了，我会给你找到一个可以给你全省中从所未曾有过的大‘十二’的未婚夫。听我的，女——女儿。现在有个好机会；你可以把你的六千佛郎放在政府里，你就可以每半年得到将近二百佛郎的利息，你不必纳税，不必修理费，不必怕雹，不必怕冻，不必怕潮水，对于收款，一点儿也用不着担心。你也许不肯放手你的金子，是不是，女——女儿？无论如何，请你给我拿来罢。我可以把你的金币、荷兰金币、葡萄牙金币、蒙古卢比、热纳瓦金币都凑在一起，加上我要给你做生日的那些钱，三年之内，你就可以在你的小金库里添上一半了。你要说什么，女——女儿？仰起你的鼻子罢。去，去找它去，找这小玩意儿去。你应当吻我的眼睛，因为我会告诉你金钱的生命是怎么回事，金钱是如何的死亡。真的，金钱和人一样，它活着，它蠢动。它能去，能来，能劳动，能生产。”

欧琴妮站了起来，但是当她朝着门口迈了几步的时候，她忽然回转身来，瞧了瞧她的父亲的面，对他说：

“我已经没有我的金子了。”

“你已经没有你的金子了！”葛兰德喊道，他蹬着腿跳起来，就好像一匹听见六步之外有炮响的马似的。

“没有，我已经没有了。”

“但是，你弄错了罢，欧琴妮。”

“不。”

“用我父亲的修树刀发誓！”

当木桶匠这样发誓的时候，地板都颤动起来了。

“好上帝！太太面色都发白了。”大拿囊叫着说。

“葛兰德，你这样的发怒，要把我吓死了。”可怜的女人说。

“哒，哒，哒，哒！你们这些人，你们总不会死在你们的家里！——欧琴妮，你拿你的钱干些什么去？”他奔向她吼道。

“先生，”女儿跪在葛兰德夫人膝前，说，“我母亲太痛苦了……您瞧……请您不要杀死她。”

葛兰德夫人那已经发黄的脸色又变成苍白了，葛兰德颇为惊愕。

“拿囊，扶我去睡觉去罢，”母亲声音低弱的说，“让我死掉……”

大拿囊伸出手臂扶她的女主人，欧琴妮也来扶她；她们并不是那么容易的扶她走上扶梯，到了她的房子，因为她一步一步的发昏。葛兰德一个人单独的留在那里。一会儿之后，他就走上了七八层扶梯，叫道：

“欧琴妮，你母亲躺下，请你就下来。”

“是的，我的父亲。”

安慰了她的母亲之后，她也不敢不马上就来。

“我的女儿，”葛兰德对她说，“告诉我你的宝库在哪儿。”

“我的父亲，如果你送给我礼物而不让我有自由支配的权利，你就拿回去罢。”欧琴妮冷淡的回答，在壁炉上找到那个拿破仑，献出还给他。

葛兰德强烈的握住这个拿破仑，把它扔在裤袋里。

“我相信我此后绝不会再给你了！不但这个！”他说着，用指甲敲着门牙，“你就轻蔑你的父亲吗？你对他就没有信任吗？你就不知道父亲是什么吗？如果在你看来他并不是一切的话，他就什么都不是了。你的金子在哪儿呢？”

“我的父亲，我爱你，我尊敬你，虽然你发怒；但是我很谦虚的请求你想一想我已经活过二十二年了。你常常对我说，让我知道我年纪大了。我用我的钱做我喜欢做的事，你得相信我的钱是好好的存放在……”

“在哪儿？”

“这是不可侵犯的秘密，”她说，“你难道没有你的秘密吗？”

“我不是家主吗？我难道不能够有我的事情吗？”

“这也是我的事情。”

“如果你不能够对你父亲说的话，这事情总是坏事情，葛兰德小姐。”

“这是再好没有的事情，我不能够对我的父亲说。”

“至少，你得告诉我：你什么时候给出了你的金子？”

欧琴妮摇摇头不说。

“你做生日的那一天还有，是不是？”

欧琴妮因为爱情而变成狡猾，这和她的父亲因为吝啬而变成狡猾是一样的。她还是摇摇头。

“人家就没有看见过这样的执拗，也没有看见过这样的偷窃！”

葛兰德说的时候，声音越来越大，一直渐渐的回响在全家中，“怎么！就在这儿，就在我自己的家中，有人拿走了你的金子！家中唯一的金子！而我还不知道是谁？金子是贵重的东西。最老实的女孩子也可以做些错事，送给人家什么东西在大贵族家里可以看得到，甚至于在大资本家家中，但是送人家金子？你把它送给人家，是不是？”

欧琴妮镇静无言。

“人家也见过这样的女儿吗？我是不是你的父亲呢？如果你把它存放在那里，你应当有一张收据！”

“我是不是可以自由拿它来做我所认为好的事？是不是？它不是我的所有物吗？”

“但是，你是一个孩子！”

“一个大人。”

女儿的逻辑使葛兰德不知道怎么办，他一脸发白，顿足大咒；然后又找到一些话，他就叫着说：

“该死的长舌妇！你真是无赖！你知道我疼你，你还要反过来胡闹。她要谋害她父亲！天老爷！你把你的财产都扔在那个穿摩洛哥皮鞋的叫化子手中。用我父亲的修树刀发誓！我不能够不认你做女儿，但是我发誓，我要咒你，你，你的堂弟和你的子孙！你这么干什么也没有，你懂了没有？如果是查礼……不，这简直不可能。什么！这个坏蛋花花公子偷了我的东西吗？”

他瞧着他的女儿，她还是一声不响的、冷冷淡淡的。

“她一动也不动！她一点儿神色也不变！她比我还要葛兰德，呸！你没有白给了你的金子罢，至少？到底怎么回事，你说？”

欧琴妮瞧着她的父亲，给他投去一个嘲弄的叛逆的眼色。

“欧琴妮，你是在我家里，在你父亲的家里。你要住在这里，你就得服从我的命令。教士们要命令你服从我。”

欧琴妮低下头。

“你在我最宝贝的东西方面来触犯我，”他接着说，“我只要看着你投降。到你房子去罢。你就住在那里一直等到我的允许才能出来。拿囊可以给你拿面包拿水。你听明白了，走！”

欧琴妮泪如雨下，躲到她的母亲身边去。

葛兰德在雪后的花园中走了几个圈子，他不觉得寒冷。然后，他忽然怀疑他的女儿是在他妻子房里；他想要在她违反命令之中抓住她，就爬上了扶梯，如同一只猫一样的敏捷，他发现在葛兰德夫人的房里，那时候，她正在抚摩着欧琴妮的头发，欧琴妮的脸就沉埋在母亲的怀中。

“放心罢，我可怜的孩子，你父亲会平静下去的。”

“她已经没有父亲了！”木桶匠说，“不是你和我，葛兰德夫人，我们生了这么样一个叛逆的女孩子吗？好家教！好宗教的教导！——好，你不在你的房子？去罢，到监狱里去，到监狱里去，小姐。”

“你要夺走我的女儿吗，先生？”葛兰德夫人说着，她的脸发烧得通红了。

“如果你要留他，带她走。两个都请走开我的家……天雷！金子在哪儿？金子怎么回事？”

欧琴妮站了起来，给他的父亲射去一个骄傲的眼色，走进自己的房子，好好先生就把房子锁上了。

“拿囊，”他叫着，“给我把大厅的火灭啦。”

然后，他就来到他妻子的壁炉旁边，坐在一张靠椅上，对她说：

“她一定把它送给那穷光蛋查礼了，他只是要我们的钱。”

葛兰德夫人因为感觉到女儿的危险和她对女儿的同情，就壮着胆，表面上维持着冷淡的样子、不闻不问的态度。

当葛兰德走进葛兰德夫人的房子时，她正在抚摩着欧琴妮的头发，欧琴妮的脸就沉埋在母亲的怀中。

“这我一点儿也不知道，”她回答着，一个从床上转过脸来朝着街中，去躲避她丈夫的怒眼，“你这么暴燥，给我苦也受够了，如果我的预想没有错的话，恐怕我也只能够两脚前抬着出去。现在饶了我罢，先生，我，我向来没有给你痛苦过，至少，我这么想。你的女儿爱你，我相信她和初生的婴儿一样的无罪。不要让她吃苦，收回你的拘禁令罢。天气太冷了，你要让她生大病。”

“我不见她，也不跟她说话。她要留在她房子里吃面包喝水，一直等到满意了她的父亲为止。什么魔鬼！一家之长应当知道家里的金子到哪儿去。她有几个在法兰西独一无二的卢比，她还有热内瓦金币、荷兰金币……”

“先生，欧琴妮是我们的独生女，而且，她反正已经把钱扔在河里……”

“扔在河里！”好好先生叫道，“扔在河里！你发疯啦，葛兰德夫人。我说一句话就是一句话，你知道。如果你要家里和平，你就得劝她忏悔，叫她吐出实话；对于这种事情，女人们是比男人们善于互相了解的。不论她把钱做了什么事情，我也不会把她吃下。她怕我吗？如果她把她的堂弟从头到脚都用金子涂上的话，他已经在重洋之中了，哼，我们也没有法子追着去。”

“不错的，先生……”

因为神经的发作，因为温和而智慧的女儿的不幸的刺激，葛兰德夫人的慧眼使她看出了正在她回答的时候，丈夫的肉瘤上有一个可怕的动作，她就改变了话锋，虽然口气还是一样的：

“不错的，先生，难道我对她的权威还比你大吗？她对我什么也没有说：她叨你的情。”

“天老爷，你今天的舌头真长！哒，哒，哒，哒！你要冒犯了，我想。你和她也许有了解。”

他盯着眼看他的妻子。

“真的，葛兰德先生，如果您要杀死我，您就这样继续下去好啦。这是我说的，先生，并且就是要了我的命，我也要重复的告诉您：您对您的女儿太不对啦，她比您更有道理。钱是属于她的，她只能够好好的用它，只有上帝有权力来知道我们所做的事。先生，我恳求您宽恕欧琴妮！……这样一来，您可以减少您的愤怒所加在我身上的打击，也许能够救我的命。我的女儿，先生，把女儿还给我。”

“我才不管哩!”他说，“家里再也住不得了，母女两人都是这么办、这么说……波噜！波啊！——你送给我一个好残忍的年礼呀，欧琴妮!”他叫着说，“对的，对的，哭罢！你是自作自受！你听见了没有？如果你把你父亲的金子，你唯一所有的东西送给那个会吃你的心的懒汉，那你每三个月吃六次圣餐有什么用处呢？你知道查礼是什么东西，他穿着摩洛哥皮鞋，连动都不肯动这鞋的神气。他没有心，没有灵魂，因为他敢拿走一位可怜少女的宝库，而且没有经过她父母的同意。”

当朝街的大门关上的时候，欧琴妮走出她的房子，走到她母亲的身边。

“您为您的女儿，真有不少的勇气。”她对她的母亲说。

“你瞧，我的孩子，我们所做的不法的情事！你叫我扯了一次谎。”

“啊！我要祷告上帝只责罚我一个人。”

“真的，”大拿囊很惊惶的走来说，“难道小姐就这样的下半世关了起来，吃面包喝白水吗？”

“这有什么要紧，拿囊？”欧琴妮冷静的问她。

“啊！我能够常常吃福利馆，让小姐吃干面包吗？不，绝对不!”

“一句话也不要你提这个，拿囊。”欧琴妮说。

“我要闭嘴的，但是您瞧好啦！”

二十四年以来，这是第一次葛兰德一个人吃饭。

“您，这不是鳏夫吗，先生？”大拿囊对他说，“家里有两个女人，还做鳏夫，真不是事儿！”

“我没有跟你说话，没有跟你说话！请你绑住你的嘴巴，不然的话，我就要叫你滚蛋。你锅里煮些什么东西呀？我听见沸腾的声音。”

“我熬猪油……”

“今天晚上有客人来，把火生起来罢。”

诸位古虑曹、国拉桑夫人和她的儿子八点钟来，他们很奇怪没有看见葛兰德夫人和欧琴妮。

“我太太有点不舒服，欧琴妮陪着她。”老葡萄种植人回答，他的脸色没有泄露任何的情感。

谈了一个钟头不相干的话之后，国拉桑夫人上去看葛兰德夫人，下来的时候，大家都问她：

“葛兰德夫人好吗？”

“一点儿也不好，一点儿也不好，”她说，“我很发愁她的健康。她这样的年纪，应当特别的小心，葛兰德伯。”

“以后再看罢。”葡萄种植人不大在乎的回答。

大家都给他说声晚安。诸位古虑曹走到街中的时候，国拉桑夫人对他们说：

“葛兰德家里又有什么新闻啦。母亲病得很重，只是她自己还不知道。女儿的眼睛红极啦，好像哭了很久似的。是不是他们要强迫她结婚呢？”

葡萄种植人睡觉了，大拿囊穿着短袜子一声不响的走到欧琴妮房里来，给她打开锅里煮好的烧肉。

“拿去吃罢，小姐，”这位好心的女人说，“高尔诺瓦尔给我送一只兔子来。您吃得很少，这块烧肉可以给您维持一星期；并且冻了起来，也不会坏。至少您也不至于老吃干面包。吃干面包一点儿也不卫生。”

“可怜的拿囊。”欧琴妮握住她的手说。

“我做得真好，真精细，他一点儿也没有看出来。我就用我的六个佛郎买猪油，买肉桂：我的确是东家。”

说着，这女仆就跑开了，她以为听见了葛兰德的声音。

几个月的时间，葡萄种植人常常一天之中来了好几次来看他的妻子，然而他却并没有提到女儿的名字，又不去看她，没有泄露任何的暗示。葛兰德夫人一步不离房门，她的病一天比一天的沉重。老木桶匠怎么样也不退让。他还是和花岗石那样的坚固、硬涩和冰冷。他还是那样的走来走去；然而他却不再口吃了，说话说得很少，办起事情来比什么时候都强硬。在他的账目里常常有些错误。

“葛兰德家里一定有些什么事儿。”古虑曹派和国拉桑派都这样说。

在苏穆尔城的一切夜会中，人家一碰着就是问：“葛兰德家里出了什么事情呢?”

欧琴妮都是在大拿囊的领导之下到礼拜堂去祈祷的。当她走出礼拜堂时，如果国拉桑夫人跟她说几句什么话，她总是支吾的回答，一点儿也不能够满足国拉桑夫人的好奇心。

然而过了两个月，欧琴妮被拘禁的秘密却不能够再保守了，不论是在三位古虑曹，或是在国拉桑夫人方面。到了一个时期，什么借口也没有法子解释她的长期的隐蔽。后来，也不知道是谁泄露了秘密，全城的人都知道自从新年第一天起葛兰德小姐就在她的父亲的命令之下被人锁闭在她的房子里，只吃面包和白水，不给她生火；大家都知道大拿囊给她做了许多好吃的东西，夜里给她送去；大家甚至于知道这位年青的少女只能够在她父亲出门的时候来看她的母亲，来伺候她的母亲。

于是，葛兰德的行为就受到了极乎严刻的批评。全城的人都说他是违反教法的人，大家都回想到他的出卖同行、他的残酷，大家都不跟他来往。当他走过的时候，大家都互相耳语的指着他。

当他的女儿伴着大拿囊，走下蜿蜒的街道，去做弥撒或是晚祷的时候，一切的居民都跑到窗口很好奇的研究着这位有钱的女承继人的举止和她那带有愁容的温和的脸孔。她的被禁，她的失宠，在她看来并不算是什么回事，她不是可以看见世界的地图，那小小的凳子，那花园，那堵墙吗？她不是可以重新尝到爱情的接吻给她留在嘴唇之上的香蜜吗？在相当的时期之内，她不知道全城的人是以她为谈话的资料，正如她的父亲一样。她是热心宗教的，她在上帝面前很纯洁，良心和爱情帮助她忍受父亲的愤怒和报复。

但是，最沉重的苦痛会使其他的苦痛敛迹。——她的母亲，她那温和而慈祥的母亲的脸上忽然发出了一道将要走进坟墓的回光返照；她的母亲一天一天的瘦弱下去。欧琴妮常常自责，认为她自己是将要吞没她的母亲的虐病的原因，不过是无罪的原因罢了。这些懊悔，虽然经过她的母亲的解慰，却使她把母亲看得比爱情更为重要。每天早上，父亲一出门，她就来到母亲的床头，静静的指着母亲的脸给大拿囊看，哭着，不敢说到她的堂弟。还是葛兰德夫人第一个禁不住对她说：

“他到哪儿啦？他为什么没有信来呢？”

母亲和女儿都完全不知道地理上的距离。

“让我们想到他，母亲，”欧琴妮回答说，“别谈到他。您太痛苦了！您，您比一切都要紧！”

一切，“一切”就是“他”。

“我的孩子，”葛兰德夫人说，“我并不爱惜我的生命。上帝保护我，他使我很快慰的面对着我的苦难的终结。”

这位妇人的说话总是神圣的，带有基督徒的精神。当她在床上吃早饭的时候，她的丈夫来到她的房子，她就对他重复的申说几个月来所说的同样的话，不过更为沉着、更为沉毅罢了，她生平缺乏勇气，这回却是临死的情况给她生了勇气。

“先生，我谢谢您关心我的健康，”当他照例的问她的时候，她就对他说，“如果您要减轻我最后一刻钟的苦痛的话，请您好好的宽恕您的女儿。请您表现您做基督徒、做丈夫、做父亲的精神。”

听了这些话，葛兰德就坐在床边，好像一个看见骤雨来而静静的躲在车门底下的人一样的动作：他静静的听着她的妻子，一句话也不回答。当最动人、最温慈、最带有宗教性的恳求对他发来的时候，他就说：

“今天你的脸色有点不好，我可怜的太太。”

对于女儿的完全的忘却好像是刻在他那沙土一般的额头和紧闭着的嘴唇上。他那漠然的回答，使眼泪横流在妻子的苍白的脸孔上；但是，就连这眼泪也不能够感动他。

“愿上帝宽恕您，先生，”她说，“正如我宽恕您一样。有一天您会需要赦宥的。”

自从妻子病倒之后，他已经不敢再说他的“哒，哒，哒，哒！”了。但是，他的专横并没有被这温柔的天使给解除武装，这位天使的丑陋一天一天的消散，被她脸上所表现的道德的性格驱走了。

她完全是灵魂了。祷告的精神似乎是净化了、减轻了她的脸孔上的粗陋的纹路，使其发出光彩。哪一个人没有看见过这种改变面貌的现象？哪一个人没有看见过灵魂的习惯结果总要战胜最粗糙的纹路的轮廓，给他印出高贵的性格和高尚的思想所产生的特殊生气呢？这个由于消费人类肉体的苦痛而完成的变化对于木桶匠也有他的反响，虽然是薄弱的，不过这木桶匠的性格还是和钻石一般的坚硬。如果他的言语已经没有那样的傲慢的话，他的行为总还是沉着而镇静的，这么一来，才能够保持他的家长的权威。

忠实的大拿囊常常到市场上去，她总耳闻到人家对于她的主人的谐谑，人家对于她的主人的怨语；但是，一般的舆论虽然对葛兰德伯大加责难，这女仆却总为着家庭的尊严给他辩护。

“好啦！”她对责骂好好先生的人说，“我们难道不是老了就心肠越变越硬吗？为什么您不愿意他这个人变硬一点呢？别胡说八道啰。小姐就像皇后一般的活着。她一个人；而且，是的，这是她的脾气。况且，我的先生和太太都是有理性的呀。”

最后，暮春的一个晚上，与其说是被病魔不如说是被悲愁所吞蚀的葛兰德夫人，因为连祈祷都没有效果来和解欧琴妮和她的父亲，她就把这痛苦的秘密漏泄给诸位古虑曹。

“把一位二十三岁的女儿关锁起来，只给她面包和白水！”彭风院长大叫起来说，“而且毫无目的；这是犯了虐待罪；她可以抗议，而且可以向……”

“算了罢，我的侄儿，”法律公证人说，“不要再说那些法院里的杂话。——请您放心，太太，我明天就要让这拘禁结束。”

听见人家说到她，欧琴妮就从她的房子里走了出来。

“诸位先生，”她很骄傲的走向前，对他们说，“请您们不要管这件事情。我的父亲是他家里的主人。只要我住在他家里，我就得服从他。他的行为用不着人家来称赞，也用不着人家来责难，只有让上帝来判断。我以你们的友谊请求你们对于这桩事严守缄默。毁坏我的父亲就是打击我们自己的体面。诸位先生，我知道你们如何的关心我，但是，如果你们能够制止街上流行的谤语，我更要感谢你们。我是无意中知道这些谤语的。”

“她说得对。”葛兰德夫人说。

“小姐，免除人家批评的最好办法就是恢复您的自由。”法律公证人甚为惊讶这被幽禁、悲愁和爱情所酿成的美丽的脸孔，他恭恭敬敬的回答欧琴妮。

“好罢，我的女儿，让古虑曹先生布置这件事情罢。他认识你的父亲，他知道如何处理。如果你愿意看见我在我活着的这儿天里快乐的话，无论用什么代价，你都得和你的父亲和解。”

第二天，依照欧琴妮拘禁之后的习惯，葛兰德到这小花园来绕了几个圈。他选好欧琴妮梳头的时候来散步。当好好先生走到大胡桃树下的时候，他就躲在一棵树干背后，停留了一些时间，默默的欣赏着他的女儿的长头发；无疑的，在他执拗的性格所产生的思念和接吻女儿的欲望之间有相当的摩擦。

他常常坐在小破木凳上；这木凳是查礼和欧琴妮宣誓永久爱情的所在。她也在暗地里或从镜里来偷看她的父亲。如果他站起来开始散步的话，她就和悦的坐在窗口，细察悬挂着最美丽的花朵的一堵墙，那儿，在裂隙之间，长出许多“爱神之发”，许多牵牛花和一棵黄色或白色的小浓树，一棵苏穆尔和葡萄园中所常有的瓦松。一个六月的美丽的天气，古虑曹法律公证人很早就来，他看见葡萄种植人坐在小凳子上，背靠着界墙，正在瞅着他的女儿。

“古虑曹公证人，您有什么事啊？”他看见法律公证人，这样说。

“我来跟您谈些事情。”

“啊！啊！您有金子来跟我换厄古吗？”

“不，不是，我不是来讲钱，我是来讲您的女儿欧琴妮的。大家都在议论她和您。”

“这跟人家有什么相干？‘在他家里，炭商就是主子。’”

“赞成，炭商也能够自主意的自杀，或是更坏的，也能够自主意的把钱从窗口扔了出去。”

“这怎么讲呢？”

“呃！您太太病得太重了，朋友，您应当请柏尔齐林先生来瞧瞧，她有死的危险。如果因为看护不周而至于死去的话，我想您也不会太安心罢！”

“哒，哒，哒，哒！我清楚知道我的太太。这些医生只要一次脚踏您的门，他们就要每天来五六次。”

“总之，葛兰德，您想怎么办就怎么办好啦。我们是老朋友；全苏穆尔再也找不到一个比我还要关心您的人；所以我应当跟您说明白。现在无论出了什么事体，您都是有责任的，你知道怎么做，做您的去好啦。我并不是因为这个而来的。这叫我来的是一桩对您非常严重的事情，也许。无论如何，您总没有杀死您的太太的意思；她对您极有用处。您无妨想一想：如果葛兰德夫人死了的话，您在您的女儿面前所有的是什么地位。您得给欧琴妮制出会计的报告书，因为您和您太太的产业是公有的。您女儿有权利要求分产，售卖福罗瓦风。总之，她要继承她的母亲，那却是您所没有法子承继的。”

这些话是好好先生的晴天霹雳，他在法律方面并没有他在商业方面那样的内行。他从来就没有想到拍卖房产。

“所以，我劝您好好的对待她。”古虑曹结束了他的话说。

“然而，您知道她所做的事吗，古虑曹？”

“什么事呀？”法律公证人说着，他很想听到一些葛兰德伯的体己话，同时知道这次争执的原因。

“她把她的金子送给人了。”

“那么，金子是她的吗？”法律公证人问。

“他们都对我这么说！”好好先生说着，惨淡的放下他的手臂。

“为着一桩小事，您难道就要防阻她的母亲死的时候您所要向她要求的让步吗？”

“啊！您管六千佛郎的金子叫做一桩小事吗？”

“呃！老朋友，您知道如果欧琴妮要求的话，尊夫人的财产清单和承继分摊要值多少钱吗？”

“什么？”

“二十，三十，四十万都说不定！难道得真的拍了卖或是卖掉了才可以看出实在的价值有多少吗？除非先有谅解……”

“用我父亲的修树刀发誓！”葡萄种植人脸色发白的坐着，叫着道，“以后再看罢，古虑曹。”

一阵的沉静或苦恼之后，好好先生瞅着法律公证人，对他说：“人生真是困难！人生不知道有多少的苦痛。——古虑曹。”他严肃的接着说，“您不要欺骗我，请您给我发誓，您跟我说的这些话都有法律的根据。请您拿法典给我看，我要看看法典。”

“可怜的朋友，”法律公证人说，“我难道不知道我本行的事吗？”

“这是真的吗？那么，我就要被我的女儿剥夺、出卖、杀死、活吞下去了。”

“她继承她的母亲。”

“那么，儿女有什么用处呢？啊！我的太太，我喜欢她！幸亏她的身体很结实，她真是拉柏尔特里尔家的人啦。”

“她再也活不了一个月。”

木桶匠打了打自己的额头，走去，走来，向古虑曹投去一道可怕的眼色，而对他说：

“怎么办呢？”

“欧琴妮可以简简单单的放弃了她对她的母亲的继承权。您可以不能够不让她继承，是不是？然而，要得到这一种继承，您就别虐待她。老朋友，我跟您所说的都是违反我的利益的。我是干什么的呢？……清算家产，制造家产目录，拍卖，分产……”

“我们再瞧瞧看，我们再瞧瞧看。不要再谈这个了，古虑曹。您要割断我的五脏。您得了金子吗？”

“没有；不过我有几个老路易，十个左右，我要送给您。好朋友，跟欧琴妮和解去罢。您瞧，全苏穆尔的人都要向您投石子哩。”

“那些混蛋！”

“算了罢，公债涨到九十九了。您这一辈子又可以快乐一次啦。”

“九十九吗，古虑曹？”

“对的。”

“呃！呃！九十九啦！”好好先生一面说着，一面送法律公证人走到朝街的大门。

然后，被刚才所听见的事情的烦扰，他有点坐立不安，就上楼到他的妻子的房子里来，对她说：

“哎，欧琴妮的妈妈，你可以跟你女儿一块儿过日子啦，我要到福罗瓦风去。你们两个人要和和气气的待着。今天是我们的结婚的纪念日，好太太：拿这去罢，这是十个厄古，给你圣体瞻礼日预备休息祭坛用的。你不是好久就想做一个休息祭坛吗？请你快活一下罢！你们好好的开心，你们快活的，你们康康健健的，快乐万岁！”

他向妻子的床上扔去十个六佛郎的厄古，又抱住她的头，吻着她的额。

“好太太，你好了一点儿吗？”

“你怎么能够把您的女儿从您的心中赶出去？您怎么能够把那宽恕人的上帝接到您的家里来呢？”她很感慨的说。

“哒，哒，哒，哒！”这父亲用谄媚的声音说，“我们以后再瞧罢。”

“天可怜见！欧琴妮，”母亲快乐得满面发红，叫着道，“来，跟你父亲接吻来，他宽恕了你啦！”

但是，好好先生却不见了。他用一切的腿快步躲到他的小园地里去整理他那蓬乱的思想。那时候葛兰德已经开始他的七十二岁的年龄了。特别是两年以来，他的吝啬日益增长，犹如一个人所有的一切的欲望的增长。根据一般对于守财奴，对于野心家，对于一切用整个的生命来实现某种意念的人的观察，他的感情特别是他的欲望的象征。注视黄金，占有黄金，这已经变成了他的奇癖。他的专横和他的吝啬是在同一的比例中发展的。在他看来，妻子死了之后，放弃了一丁点儿支配她的产业的权利那是反自然的。宣告她的财产属于女儿，公开的制定她的动产和不动产的清单，公开的拍卖……

“这是自己砍掉自己的咽喉。”他一面在园中细究葡萄根，一面高声的叫。

最终，他下了决心了。晚饭的时候，他回到苏穆尔来了。他决定在欧琴妮之前退让，阿谀她，讨好她，希望能够光荣的死去，能够一直到最后的气息时还可以统治着他的几百万。当好好先生拿了他的公共钥匙，跟狼一样的上了楼，到他的妻子的房子里来的时候，凑巧欧琴妮正带着那美丽的梳妆匣来，放在她的母亲的床上。葛兰德离家的时候，她们两个人很高兴的看着查礼母亲的画像，拿它来跟查礼的面像相比较。

“这完全是他的额头，是他的嘴。”欧琴妮正在说的时候，葛兰德开着门进来了。

丈夫看见这金匣子，葛兰德夫人就喊叫起来：

“天哪，怜悯我们罢！”

好好先生好像老虎猛扑睡觉的儿童一样，扑去抢住金匣子。

“这是什么?”他一面说着，一面拿着这宝贝，走到窗口：“是些好金子！金子!”他喊了起来：“很多的金子！这有两磅重。——啊！啊！查礼拿这个跟你换你的金币，是不是?为什么不告诉我呢?这是一桩好事情，女——女儿！你是我的女儿，我承认你。”

欧琴妮四肢发抖。

“不是吗，这是查礼的?”好好先生接着说。

“是的，父亲，这不是我的。这是一个神圣的寄存物。”

“哒，哒，哒，哒！他拿了你的财产，应当补上你的小宝库。”

“父亲!”

好好先生想用刀子切开一块金片，他不得不把梳妆匣放在椅上。欧琴妮奋身跑去，想要夺回；但是一眼看着女儿一眼看着梳妆匣的木桶匠却拼命的伸臂把她推回去，跌倒在她的母亲的床上。

“先生！先生!”母亲从床上起来，喊道。

葛兰德拔出了刀子，预备去剥取金子。

“父亲!”欧琴妮跪到地下，爬近好好先生，向他伸出两只手，说，“父亲，看一切的圣人和圣母的面上，看死在十字架上的基督的面上，为着您的永远的得救，为着我的生命，请您不要动它!这个梳妆匣既不是您的，也不是我的，这是一位不幸的亲人寄存在我这里的，我应当原样还给他。”

“如果是人家的寄存物，你为什么要拿出来瞧呢?瞧比动还要坏。”

“父亲，别弄坏它，不然的话，您就让我不名誉了。父亲，您听见了没有?”

“先生，饶了她罢!”母亲说。

“父亲!”欧琴妮大叫一声，大拿囊被她吓坏了，马上上楼。

欧琴妮跑去拿了自己的一把刀，朝着自己的颈项，也就武装起来了。

“你要怎么啦?”葛兰德静静的冷笑着对她说。

“先生，先生，您就杀死了我罢!”母亲说。

“父亲，如果您的刀碰落了一些儿金子，我就用这把刀来自杀。您已经让我母亲病得半死，您还要杀死您的女儿。现在就用伤痕来回报伤痕好啦!”

葛兰德拿着刀朝着梳妆匣，一面看着女儿，一面犹豫。

“你真的干得出吗，欧琴妮?”他说。

“是的，她干得出，先生。”母亲说。

“她怎么说就怎么干，”大拿囊叫着说，“先生，希望您一辈子也有一次的理性。”

木桶匠轮流的看着一会儿金匣子和他的女儿。葛兰德夫人昏过去了。

“您瞧那儿，亲爱的先生！太太快要死了!”大拿囊叫着说。

“好，女儿，我们不要为着这个梳妆匣争吵了。拿着去罢!”木桶匠大声的叫，把梳妆匣扔在床上。“你，拿囊，请你找柏尔齐林先生去罢。——唉，母亲，”他吻着妻子的手，说。“这没有什么，唉，我们已经和解了。——不是吗，女——女儿？不再给你干面包吃了，你可以吃你所要吃的一切……啊！她睁开眼睛了。——好啦，母亲，母母亲，好啦！瞧，你瞧，我吻着欧琴妮了。她爱她的堂弟，如果她愿意的话话，她可以嫁给他，可以保守他的梳妆匣。可是，你要长活着，可怜的太太。好啦，动一动罢！听，你可以有一个全苏穆尔人都没有做过的休息祭坛。”

“我的上帝，你能够这样的待遇你的妻子和你的孩子吗?”葛兰德夫人声音低弱的说。

“我再也不这样做了，我再也不这样做了!”木桶匠叫着说，“你等着看，可怜的太太。”

葛兰德拿着刀朝着梳妆匣，一面看着女儿，一面犹豫。

他到事务室里去，带回一把路易，散在床上。

“唉，欧琴妮，唉，太太，这是给你们的，”他抚摸着路易，对她们说，“唉，太太，你快活一下罢，你身体要康康健健的，你不能够缺乏东西，欧琴妮也不能够缺少东西。这是给她的一百路易金子。你不再把这些金子送给他罢，欧琴妮？”

葛兰德夫人和她的女儿两个人互相对视，大为惊愕。

“收回去罢，父亲，我们只要你的温爱。”

“唉，对的，”他一面把路易收进口袋里，一面说。“我们大家要跟好朋友一样的活着。我们大家都到大厅下面去吃饭去，每天晚上打两个铜币的罗多牌。请你们随随便便玩玩笑笑好啦，是不是，太太？”

“唉！我也希望这样，因为这样可以使你和悦，”这濒死的人说，“可是我起不来了。”

“可怜的母亲，”木桶匠说，“你不知道我怎么爱你。——你也一样，我的女儿！”

他拉着她，吻着她。

“啊！吵架之后再来吻女儿，这是多么好啊！女——女儿！——唉，你瞧，母——母亲，我们现在是大家一体了。——你去，把这个收起来罢，”他指着梳妆匣对欧琴妮说，“去罢，什么也不要怕。我不会跟你谈到这个，我绝不再说，你去罢。”

苏穆尔最著名的医生柏尔齐林先生一会儿就来了。诊视之后，他就直接的对葛兰德说他的妻子病得很重，但是，如果精神上能够大大的安静，如果吃东西特别的小心，如果细腻的看护她，她的死期可以延长到秋天。

“这得花很多的钱吗？”好好先生说，“要不要吃药呢？”

“少用药，多点看护。”医生忍不住微笑着回答。

“唉，柏尔齐林先生，”葛兰德回答说，“您是一个有名的人，不是吗？我信任您，无论什么时候，您觉得方便的话，都请您来看我的妻子。请您设法维持我妻子的健康；我非常爱她，虽然，您知道，表面上不见得如此，因为在我家里，一切的事情都是存在心里，并且使我的灵魂烦恼。我痛苦。自从我兄弟死了之后，痛苦就来到我的心中，我为他在巴黎花了不少的钱……费了一笔大款，而且这还没有完哩。再见先生。如果能够救我的妻子，救了她罢，无论如何，得为她花上两三百佛郎。”

虽然葛兰德是用最热心的愿望来祈求妻子的健康（因为她死后的继承问题对他是第一个致命伤），虽然他对于惊愕的母亲和女儿尽量的乘机献媚，虽然欧琴妮是用最大的小心来看护她的母亲，葛兰德夫人总是很快的走上了死亡之路。她一天一天的衰弱，一天一天的萎谢，正如这年龄的多数病妇一样的衰萎。她就好像是秋天的树叶一样的脆弱。天上的光辉使她回光返照，就好像这些树叶被太阳所穿透而呈现黄金的颜色一样。这是一个有价值的死，一个完全的基督徒的死。难道不能说是卓越的死吗？

一八二〇年十月，特别表现她的德性，她那天使一般的忍耐，她对女儿的爱护，她就丝毫没有怨恨的熄灭了。她是没有污点的羔羊；她上了天堂，只惋惜着活在这世界上的她那冷酷的生活的温和的伴侣，这伴侣的最后的注视好像是预言着一千个的不幸。她战栗的把这和她一样洁白的绵羊孤孤单单的扔在这自私而要除拔她的嫩毛抢夺她的宝库的世界中。

“孩子，”她在断气之前对她说，“除在天上以外，没有别的幸福，将来总有一天你会知道的。”

母亲死后的第二天，欧琴妮又觉得有许多原因可以使她对于这所房子生起感情，她是在这里生的，在这里受过无数的痛苦，她的母亲刚在这里死去。她不能够默视着大厅中的十字窗，这有踏板的椅子而不堕泪。她自己觉得有点不大明白为什么变成了她的父亲的最温和的卫护的对象：他扶她下楼去吃早饭；无论什么时候他都给她投射可以说是温柔的眼色；总之，他羡慕她，好像她是金子做成的一样。这老木桶匠不大像他自己，他在欧琴妮之前发抖，发抖得使大拿囊和几位古虑曹都以为是他年纪的关系，只怕其他的机能也有这衰弱的现象。但是，在全家挂孝的那一天，唯一知道他主顾的密码的古虑曹也被请去吃晚饭，晚饭之后，好好先生的行为就自己解释出来了。

“亲爱的孩子，”当桌子撤去小心关好各处的门户时，他就对欧琴妮说，“你是你母亲的继承人了，我们有一些事情要在我们之中规定清楚。——对不对，古虑曹？”

“对的。”

“今天就得管这些事吗，父亲？”

“是的，是的，女——女儿。我不能够不清楚我的地位而活得下去。我不相信你要让我痛苦。”

“啊！父亲……”

“好罢，今天晚上就得把这桩事办清楚。”

“那么，您要我怎么啦？”

“可是，女——女儿，这跟我没有关系。——请您跟她说一说，古虑曹。”

“小姐，尊大人不愿意分产，也不愿意售卖他的产业，也不愿意给他所能够占有的现款缴纳重税。所以，为着这个道理，应当免除开写今天您们父女两个人所共有的财产的清单……”

“古虑曹，您认为在一个孩子之前这样的说到这问题没有错吗？”

“让我说，葛兰德。”

“对的，对的，朋友。您和我女儿都不愿意剥夺我的。是不是，女——女儿？”

“可是，古虑曹先生，我得做什么呢?”欧琴妮忍不住问。

“好罢，”法律公证人说，“应当签这张契约，放弃您对您母亲的承继权，让您父亲对于你们之间所共有的产业有使用收益的权利，但是您父亲得给您保证这财产的所有权……”

“我一点儿也不懂得您给我说些什么，”欧琴妮回答，“请您给我这张契约罢，请您指给我看我得在哪儿签字。”

葛兰德伯轮流的看着契约，又看着他的女儿，看着女儿，又看着契约，他的情绪太兴奋了，他拭了拭额头上流出的汗珠。

“女——女儿，”他说，“如果你只要简简单单的放弃你对你已故的母亲的承继权，不要签这张花大钱去登记的契约，将来一切任凭我处理的话，我一定还要觉得喜欢。我就要每月给你一百佛郎的巨款的收入。那么，你就可以尽量的开付弥撒的费用。……嗯！每月一百佛郎，现钱，行不行?”

“能够让您快乐的事情我都做得，父亲。”

“小姐，”法律公证人说，“我有责任告诉您，这是您自己剥夺了自己……”

“呃！老天爷，”她说，“这对我有什么要紧呢?”

“不要再说啦，古虑曹。——这已经说好了，这已经说好了。”葛兰德拿着女儿的手，用自己的手在上面拍着，一面说，“欧琴妮，你不要食言，你是个忠厚的女儿，不是吗?”

“啊！父亲……”

他很衷情的吻着她，他紧紧的把她抱在怀中，甚至于使她吐不出气。

“唉，孩子，你给你父亲一条生命，不过你是把他所给你的东西还了他。我们谁也不欠谁的债了。事情应当这样办。生命是一桩事情。我祝福你！你是个有德性的女儿，你很爱你的爸爸。现在你要做什么事情就随便做罢。——明天见，古虑曹。”他看着惊愣了的法律公证人说，“您瞧着好好的预备一张放弃承继权的证书，送到审判厅的书记室去。”

第二天中午，欧琴妮签订了完全剥夺自己的宣言。

然而，老木桶匠却顾不得自己所说的话，一直到第一年年底，他连一个苏都没有给过她，虽然他曾正式的允许过他的女儿每月给她一百佛郎。当欧琴妮带笑的问到这问题的时候，他也不能不红着脸；他就赶快的登上了楼，走到自己的事务室里去，再给她带回来差不多从侄儿处拿到的饰物的三分之一。

“唉，小孩子，”他满充着嘲笑的口调说，“你要这些东西来补充你的一千二百佛郎吗？”

“啊！父亲，您真的要给我这些东西吗？”

“明年我再还给你这个。”他把这些东西扔在她的围裙中，一面说，“这样一来，不久的时候，你就可以得到他所有的饰物了。”他说着，擦着手，因为能够猜透女儿的心绪，觉得很得意。

可是，这老头儿虽然还很健旺，他却觉得有开始教导女儿处理家务的必要了。连着两年，他已经叫她在他面前分发家中的食粮，接收佃租。他慢慢的一步一步的告诉她葡萄园和田产的名目和面积。将近三年的时候，他已经使她习惯于他的吝啬生活，把它整个的传授给她，他也就放心把家里的消耗的锁钥都交给她，叫她当家庭的女主人了。

五年过去了，在欧琴妮和她父亲的单独的生活里没有什么值得注意的事态发生。这是和一个老钟摆依照一定时间而生的有规则的动作一样的行为。葛兰德小姐心中的忧愁是谁也知道的；虽然每一个人都能够猜想到这忧愁的原因，可是她口里所说出的话却不能够证明全苏穆尔的社会对于这富裕的女承继人的心绪的揣测。她的唯一伴侣就是三位古虑曹和渐渐由他们介绍到家里来的几位他们的朋友。他们教导她打魏斯特牌，每天晚上都来跟她一块儿玩。一八二五这一年，她的父亲因为感觉到衰老的重压，不得不开始告诉她地产的秘密，告诉她困难的时候应当找古虑曹法律公证人，因为他的廉洁是大家所知道的。最后，在这年年底，高龄七十九岁的好好先生终于得到了疯瘫症，很快的日趋严重。柏尔齐林先生宣告了葛兰德的危险。想到不久就要一个人单独的留在世上，欧琴妮就紧紧的跟在父亲的身边，更用力的紧握着这感情的最后的连锁。正如一切沉溺在爱情之中的女人一样，在她的思想中，爱情是整个的宇宙，然而查礼并不在那里。她用最大的谨慎，最大的关心来看护她的父亲，这位父亲的机能一天一天的衰弱，他的吝啬则本能的保持着。所以这样的死和他的生并没有什么相反的。

清早以后，他就坐在转轮靠椅上来往于他的卧房的壁炉和那满堆着黄金的事务室的房门之间。他一动也不动的待着，很忧虑的一个一个的瞧着来看他的人和那扇钉着铁皮子的门。他听到极乎微小的声音；他居然听到了庭院中那条狗的打呵欠声，这却使法律公证人大大的惊愕了。

当他应当接收佃租和农民算账、分发收据的时候，他就从痴呆的神色里醒了过来。于是，他就推动着他的转轮靠椅一直转到事务室的门口为止。他叫他女儿开了事务室，监视她秘密的把一袋一袋的钱币堆在那里，看她关好了门。然后，当女儿把钥匙交还给他的时候，他又静静的回到了原来的地方。这钥匙总是放在背心的口袋里，是他不时不时要探手摸触的。另一方面他的老朋友，老法律公证人觉得：如果葛兰德·查礼不回来的话，这位富有的女承继人一定会嫁给他的兄弟院长先生，也就加倍的看护他、关心他。他每天都来听从葛兰德的命令，受他的指挥到福罗瓦风，到田里去，到牧场去，到葡萄园去，替他售卖收成，替他把一切都换成黄金或白银，秘密的把它加在事务室所堆的钱袋上。他要老坐在他的壁炉旁边，在他的事务室门口。他把人家所给他盖上的一切的被单都拉在身边，卷了起来，对大拿囊说：

“好好的收起来，好好的收起来，别让人家偷了我的。”

他的一生都躲避在他的眼睛里头，当他睁开眼睛时，他就马上转过来去看那满堆着宝贝的事务室房门，用恐惧的声调对他女儿说：

“都在那儿吗？都在那儿吗？”

“没有错，父亲。”

“留意金子呀！……把金子放在我的前面好啦！”

欧琴妮替他在桌子上陈列了许多路易，他的眼睛就整个时间的死死的盯住这些路易，好像一个小孩子刚开始瞧视的时候，呆呆的默视着一件东西似的；还有一点像小孩子的，就是他也发出了一阵可怕的笑声。

“这使我暖和过来了！”有的时候，当他在脸上露出一个幸福的表情时，他就这样说。

当教区的教士来给他施行临终的洗礼时，他那表面上已经死去几小时的眼睛又重新被十字架章、被灯火、被他眼睛所凝视着的银制的圣水瓶所激动而复生了，他的肉瘤也就发出了最后一次的转动了。当教士拿着朱红的苦像按进他的嘴唇，让他同基督接吻时，他就做出了一个非常的举动，想要把他捉过来，这最后的努力就使他结束了他的生命。他呼唤欧琴妮，虽然她是跪在他的前面，用眼泪来浸洗一只僵硬的手，他却看不见她。

“父亲，请您祝福我罢！”她问。

“对于一切都得特别注意！你要到那里把这些事告诉我的。”他说着，似乎要用这最后的言语来证明基督教是守财奴们的宗教。

葛兰德·欧琴妮就孤孤单单的存在于这所房子里头了，只有大拿囊可以了解她。大拿囊是唯一为她而爱她的人，她能够跟她谈论她的悲哀。在欧琴妮看来，大拿囊是一位救主。所以她已经不是女仆，而是一位谦虚的朋友了。父亲死了之后，欧琴妮从古虑曹法律公证人那里听到她在苏穆尔区内有三十万佛郎的地产的收入，她有六十佛郎买的百分之三的利息的公债六百佛郎，现在的价格是七十七佛郎；另外还有二百万价值的金币和十万佛郎的厄古，还没有计算到拖尾的收入。她的财产的总数是一千七百万。

“我堂弟到底在什么地方呢?”她自己对自己说。

古虑曹法律公证人给她送来继承清单的那一天，欧琴妮孤孤单单的和大拿囊两个人，每人坐在这大空厅的壁炉的一角。这里的一切都是值得回忆的，自从她母亲所坐的有踏板的椅子起到她堂弟所喝过的杯子止。

“拿囊，我们太孤单了！”

“是的，小姐；如果我知道这位小先生在什么地方，我一定要走着去找他去。”

“我们之间，隔有重洋。”她说。

正当这可怜的女承继人和她的老女仆一块儿在这清冷而黯淡的房子中（这房子就是她的整个宇宙）痛哭的时候，自南特一直到奥藜昂为止，大家都没有别的可说，只是讨论葛兰德小姐的一千七百万。

她的第一个动作就是给大拿囊一千二百佛郎的养老金；加上她另外所有的六百佛郎，大拿囊也就变成了一个富有的人了。不到一个月，她就以小姐的身份在高尔诺瓦尔·安杜恩的保护之下变成了一位太太，高尔诺瓦尔刚刚被委为葛兰德小姐的土地田产总管事。高尔诺瓦尔夫人，和她同时代的女人比，占有极大的上风。虽然她已经有了五十九岁；但是看过去还不到四十岁。她的粗肉纹曾经抵抗过气候的袭击。谢谢她那修道院式的生活，她是用黑色的皮肤和铁一般的健康来反抗衰老的。也许她从来就没有过结婚那一天的痛快。她有一切因为丑陋而生的好处，她很粗、很胖、很壮，在她面上有一种不可毁灭的幸福的神气，使一般人对高尔诺瓦尔的运气不禁起了羡慕之心。

“她的脸色好。”卖布的商人说。

“她一定会生孩子，”卖盐的商人说，“对不起你，她被保全得很好，好像是用盐腌过似的。”

“她很有钱，高尔诺瓦尔这孩子这一炮打得真不错。”另外一个邻人说。

出了老房子，这被一切邻居所喜欢的大拿囊就在她从蜿蜒的街道走到教室的路中，到处得到人们的庆贺。

欧琴妮送她三打食具，作为结婚的礼物。高尔诺瓦尔出乎意料之外的得到了这样的大礼物，感激得眼泪挂在眼睛上，到处说着他的女主人。做了欧琴妮的心腹，从此之后，高尔诺瓦尔夫人又得到了和得到一个丈夫的幸福相等的幸福了。

她到底能够和她那已故的主人一样开关食橱，每天早上分配食品。其次，她有两位女佣让她使唤，一位女厨，一位整理房子的阿妈，给她缝补家里的衣服，给小姐做衣裳。高尔诺瓦尔兼掌卫士和管理员的职务。我们也用不着说大拿囊所选择的女厨和阿妈都是真正的“宝珠”。于是，葛兰德小姐就有四位绝对忠实的家臣了。佃户们因此也就感觉不到好好先生的死，因为他的管理习惯是在高尔诺瓦尔夫妇的小心继续之下极乎严厉的建立起来了。

第六章　如此世界

三十岁的年纪了，欧琴妮还不知道任何生活中足以庆祝的喜事。她那凄惨的忧闷的童年是在她的母亲身边过的，这位母亲那被人蔑视、被人冷眼相待的心肠无时不是痛苦的。当她很快乐的离开人世的时候，这位母亲曾经哀怜过她的女儿的生命，给她的心灵留下轻微的悔恨和永久的惋惜。这最初的唯一的爱情在欧琴妮看来却只是一个悲愁的根源。几天和爱人会见之后，她已经在两次偶然接受偶然回报的接吻之中把她的心交给他了。后来，他就走了，在她和他之间给放下了一个隔离的世界。这爱情是她的父亲所诅咒的，差不多是牺牲了她的母亲的生命，只给她种下无数杂有微弱的希望的痛苦。所以，一直到现在为止，她之奋身追求幸福只给她损失了力量，得不到代价。精神的生活和物理的生活一样，那里都有一个吐气，都有一个吸气；心灵需要吸收另一个心灵的情感，却同化这些情感，使其变成更丰富的。如果没有这优美的人间现象，心灵就没有什么生活，于是，他就缺乏空气，他就忧闷而灭亡了。

欧琴妮开始痛苦了。在她看来，财富既不是力量，也不是安慰；它只能够为爱情、为宗教、为将来而存在。爱情就是永生。在她看来，她的心和基督福音只是两个互相等待的世界。她每天每夜都沉溺在两个无限的思路之中，这两个思路在她看来也许只能够算是一个。她退隐在自己身上，爱他人而自信同时是被人所爱。七年了，她的感情到处的侵占着。她的宝库并不是利上生利的几百万，而是查礼的梳妆匣，而是挂在床头的两张肖像，而是从她的父亲处重新购买回来的那些骄傲的堆放在大柜抽屉里的棉层上的饰物，而是她的母亲所用过的婶母的顶针；这个顶针是她每天严肃的拿来刺绣永远做不完的女工的，目的不过是要把这富有回忆性的金品套在指头上面而已。

葛兰德小姐不像要在孝期之内结婚。她的孝心是谁也知道的。因此，在老教士指导下的古虑曹一家也就很满意的用最动人的卫护来包围这位女承继人了。

每天晚上，她家里的大厅都被最热心、最忠实的一群古虑曹派填满着，他们拼命的用一切的腔调来恭维公馆的女主人。她有她的御医，她的宫内祭司，她的内臣，她的化妆室女侍，她的首相，她的司法大臣，尤其是一位要和她说一切的话的司法大臣。如果女承继人要一个牵衣侍从，人家就给她找到一个。她是一个皇后，一个最受人阿谀的皇后。谄媚从来就不是出自伟大的心灵。她变成了许多精神所要集中争抢的养料，这些精神居然能够装出自卑的样子而成功的侵进了她的生活范围之内。谄媚包含有利欲心。所以每天晚上来围绕葛兰德小姐（他们管她叫做福罗瓦风小姐），大厅的人们居然能够非常成功的给她带来无数的称颂。这种歌颂的音乐，在欧琴妮是个新鲜的玩意儿，最初使她脸红；但是在不知不觉之中，不论这些颂扬是多么的粗野无礼，她的耳朵也就习惯于倾听夸耀她的美丽的话语了。甚至于，如果有新来的人觉得她丑，这种感觉则比八年前更容易被她觉察。结果，她就喜欢这些秘密安放在她这偶像腿根的柔媚。她渐渐的惯于让人家把她当做君王看待，让她的宫庭每天晚上塞满着人众。

彭风院长是这个小团体中的英雄，他的精神、他的地位、他的教育、他的和蔼是在这里被人极口称赞的。其中有一个就特别的提及七年以来他是大大的增加了他的财产，彭风至少有一万的年收，而且和古虑曹家的财产一样是在女承继人的庞大的田产之内被包围着的。

“知道吗，小姐？”一个熟人说，“古虑曹他们也有四万佛郎的收入啦！”

“他们还有储蓄哩。”一个古虑曹派的老太婆过里包古尔夫人接着说，“一位巴黎的先生最近来给古虑曹先生送了二十万佛郎，要买他的事务所。如果他能够被委为治安法院的审判官的话，他一定要把它卖掉。”

“他要继彭风先生当法院的院长，小心的布置着，”铎尔桑发夫人回答说，“因为院长要当中央评议官，再接着就要当部长，他有太多的方法，不会做不到的。”

“对啦，他是一个非常特出的人才，”另外一个说，“您看不出来吗，小姐？”

院长先生尽量的用方法想把自己和他所要演唱的角色相调和。虽然他是四十岁的人了，虽然他的面貌是棕色的、严厉的、憔悴的，和大部分的法官一样，他却装得很年青，拿着一条籐手杖，做出滑稽的样子，在福罗瓦风小姐面前不闻任何的鼻烟，总是打着洁净的领带，穿着大摺胸饰的衬衫到这里来，这衬衫使他呈现出一种和愚笨的人相类的神气。他很亲热的跟这美丽的女承继人接谈，叫她做“我们的亲爱的欧琴妮”。最后，除了这些人物，除了用魏斯特纸牌来代替罗多纸牌，除了没有葛兰德夫妇的脸孔外，这房子中的情况和先前差不多是完全相似的。一大群狗都在追逐着欧琴妮和她的几百万；不过狗的数目比较的多，叫得机巧一点，大家都在包围着同一的目标而已。如果查礼从印度诸地回来的话，他一定可以找到同样的人物、同样的利害关系。认为欧琴妮是全美全善的国拉桑夫人总要挖苦诸位古虑曹。但是，正如从前一样，欧琴妮的面貌总要统治全幕景，查礼也总要在那里当他的君王。不过，其中也有一个进步。那天院长先生所送给欧琴妮做生日的一束鲜花却已变成周期的礼物了。现在，他都每天晚上给富裕的女承继人带来一大束鲜花，是高尔诺瓦尔夫人当众插在一个花瓶里，暗里当大家走了的时候扔在院子的一角上的。

初春的气节，国拉桑夫人曾经想出一个法子来扰乱诸位古虑曹的快乐。她对欧琴妮说到福罗瓦风侯爵，说是如果这女承继人愿意经过结婚的手续把地产还给他的话，他的家望也就可以复兴了。国拉桑夫人高声的说到这位贵族的封邑，侯爵的衔头。等到欧琴妮对她轻蔑的一笑表示她的“赞颂”时，她就走去告诉欧琴妮和古虑曹院长说结婚并没有人家所想象的那样的有好处。

“虽然福罗瓦风先生是五十岁的人了，”她说，“他看过去也并不比古虑曹先生老；当然他是鳏夫，他有孩子，但是他是侯爵，他是将来的法兰西世卿；在这个时代，应当找这一种的婚姻。我知道得清清楚楚葛兰德伯所以把他的一切家产都并在福罗瓦风地产上的道理，他有意要接续福罗瓦风的家统。他常常对我说到这个，他很调皮，这位好好先生。”

“怎么，拿囊，”一天晚上欧琴妮临睡的时候说，“七年了，他连一封信也没有给我写过！”

当这些事发生在苏穆尔的时候，查礼在印度诸地发了大财。一开始，他的船货就卖到善价。他一下子就变卖了一笔六千金元的大款。海上生活的洗礼给他失掉了很多的偏见；他看出最好的发财方法，无论是在热带地方或是在欧洲，都是以买卖奴隶为最妙。于是，他就到非洲沿岸来贩卖黑奴，另外还带了些在各市场上最容易交易、最容易得利的货品。他在生意中的活动不能够使他有片刻的空间。他的第一个思想就是要以大量的财产重新出现在巴黎，并且要得到比他本来所有的还要光荣的地位。流转在各种人群、各种国度之中，他观察到各种相反的风俗，使他的思想起了变化，使他变成了一个怀疑论者。他对于是非曲直已经没有固定的观念，因为他看见在一个国家中认为罪恶的在另一个国家里却是一种道德。不断的和利益相接触，他的心变成冷酷的、收缩的、枯萎的。葛兰德的血统一点儿也没有断绝。查礼变成硬心肠的贪婪人。他贩卖中国苦力，贩卖黑奴，贩卖燕窝，贩卖儿童，贩卖艺术家；他做了大规模的高利贷。偷漏关税的习惯使他对于人权也不尊重了。因此，他又到圣汤姆斯去用贱价收买海盗抢来的货物，把它们带到缺乏这货物的地方去售卖。如果在他的初次旅行之中，欧琴妮的高雅的纯洁的面貌，这个类似西班牙水兵带到船上的圣母的肖像的面貌，曾经陪伴着他的话，如果他认为他的初次成功是这位温柔的少女的祝愿和祷告所生的结果的话，后来，黑种女人、黑白杂种的女人、白种的女人、爪哇的女人、埃及的舞妓和其他跟他一同吃喝玩乐过的女人，以及他在各地所经历的冒险，却整个的把苏穆尔的堂姐、那所房子、那条凳子、那次在走廊中所接的蜜吻的记忆拭得干干净净了。他只记得那个老围墙中间的花园，因为那里是他的不幸的命运的开始，然而他却否认他的家庭：他的伯伯是一条老狗，他骗去了他的饰物；欧琴妮并不存在于他的心中，也不存在于他的思想之内，她只以六千佛郎“债权人”的资格存在于他的事业之中。这种行为、这种思想可以解释为什么葛兰德·查礼毫无消息。在印度诸地，在圣汤姆斯，在非洲沿岸，在里斯本，在美洲合众国，这位投机者为着避免妨碍他的名誉起见就取了一个假名塞皮汉。塞皮汉·卡尔可以到处不停的、大胆的、贪婪的奔走于生财之道，赶快的结束他的不名誉生活，用正人君子的资格来过他的下半世。

用了这种办法，他很快的奇异的得到了他的财产。所以，在一八二六年，他就乘了一个保王党的商行所有的小巧玲珑的双桅帆船马利卡罗林号重新回到保尔都了。他带有价值一百九十万佛郎的沙金，是用三只木桶好好的包着的，他计算要从这里在巴黎想方法卖成现钱，得到百分之七八的赢利。在这同一的船中有一位查礼十世陛下的内侍乌皮里昂先生，一位忽然发疯娶了一个时髦女郎的老头儿；他的财产是在岛上，为着要弥补乌皮里昂夫人的浪费，他就到岛上去变卖他的产业。乌皮里昂先生夫妇是布希·乌皮里昂家的后人，这一家的最后的爵士是在一七八九年之前死去的，他们只剩下两万佛郎左右的年收，而有一位相当丑陋的女儿，她的母亲很想不用嫁妆把她嫁出去，他的财产才勉强够得他在巴黎维持生活。这是什么人都觉得难办的事情，虽然时髦的女郎有她的才干。所以，乌皮里昂夫人，看着她的女儿，就觉得无论是什么人，甚至于迷醉贵族衔头的人也可以，想把她打发出去，也是难有希望的事情。

乌皮里昂小姐是一只蜻蜓一般的长姑娘，她的声音没有高低的分别；瘦瘦的、脆虚的、轻佻的嘴，在嘴上坐落着一只太长的鼻子，鼻尖是粗大的，平常是黄色的，但是吃完饭之后，就整个的发红，这是一种植物的红色，生在惨白脸孔的中央比生在任何地方都难看、都厌腻。总之，她的面貌刚刚好可以使一位三十八岁还很美丽的母亲对她尚有希望、尚有野心。但是，为着补偿这些缺点，乌皮里昂侯爵夫人曾给她的女儿养成一种非常优雅的神气，叫她履行一种卫生的措置，可以使她的鼻子暂时维持合理的肌肉组织，教她知道如何审美，给她培植一些悦人的姿态，教她做出那些可以使男人感觉兴趣、可以使男人认为是碰到久寻不得的天使的眼色。她又教她在鼻子不顾礼貌要发红的时候得如何的演习脚步，如何的向前走，使人叹赏她的娇小；总之，她很满意的利用了她的女儿的身上的一切。宽大的衣袖，妄构的上衣，膨胀而特别加饰的袍子，高压的束胸衣，这些东西都是非常奇怪的女性用品，只要是母亲们的训示，她一定会把它们放在博物院去展览。

查礼和乌皮里昂夫人很有联络，乌皮里昂夫人也特别要结交他。很多人都甚至于说：在渡洋的时候，这位美丽的乌皮里昂夫人没有忽略过任何的法术来擒获这么富裕的一位女婿。

一八二六年六月在保尔都上岸的时候，乌皮里昂先生、夫人、小姐和查礼一起住在同一的旅馆里一块儿动身到巴黎去。乌皮里昂的房产已经抵押得一塌糊涂了，查礼应当替他赎回来。这位母亲都已经说到：她很愿意把房子的地面楼让给她的女婿和她的女儿。不同意乌皮里昂先生对于贵族的偏见，她已经答应查礼去求得和善的查礼十世的一道饬令授权葛兰德改姓为乌皮里昂，袭取乌皮里昂家的徽章，用构成收入三万六千佛郎的贵族的世袭财产来继承乌皮里昂家，接收布希贵爵和乌皮里昂侯爵的衔头。把他们的财产合在一起计算，用最聪明的方法来生活，再弄到一两笔干薪，乌皮里昂家就可以凑成十几万佛郎的收入了。

“并且当您有十万佛郎的收入、一个衔头、一个贵姓的时候，您就可以走到王宫里边去，因为我可以想法子给您弄到一个王室客卿的官职，您要做什么，就成什么。”她对查礼说，“这么一来，您就可以随意当参政院的请愿委员、知府、大使馆的秘书、大使。查礼十世非常喜欢乌皮里昂，他们从小就认识。”

被这位女人弄得野心勃勃的，查礼一路上摩抚着这些希望。这些希望是一个能手用心心相印的方式给他呈奉过来的。他相信他的伯伯已经清理完毕父亲的事情，他好像马上就停留在一切的人都愿意去的圣日尔曼镇上，在马提德小姐的蓝色鼻荫下用乌皮里昂公爵的资格出现，正如诸位德卢有一天重新出现于柏里西一样。被他临走时还在摇动的复辟的繁华所诱惑，被贵族的思想所笼罩，他在船上所开始有的醉梦就在巴黎继续着；他决定不顾一切的要爬到他那自私的岳母所说的高地位。他的堂姐在他这光耀的图景中不过是一个黑点而已。

他重见了小安娜。这世故已深的女人小安娜很强烈的劝她的旧交订立这个婚约，答应帮助他去完成一切富有雄心的事业。小安娜希望查礼娶一位丑陋烦厌的小姐，印度诸地的生活已经使这位小姐变成非常惑人的：她的脸色发棕，她的举止已经变成坚毅的、大胆的，和那些喜欢钻营、喜欢统治别人、喜欢成功的男人一样。查礼看到他能够在巴黎要他的把戏，他的呼吸也就比较的舒适了。

听到他的回国，他近期的结婚，他的财产，国拉桑就来看他，要给他谈到：再用三十万佛郎就可以清理他父亲的债务。他看见查礼正和珠宝商人讨论他给乌皮里昂小姐送彩礼所要的珠宝，商人正在给他指示许多的花样。虽然伟大的金刚钻是由印度诸地带回来的，但是手工和年青夫妇所要的银器跟结实的细碎的珠宝还得用上二十万佛郎。国拉桑认不得查礼了。查礼用时髦年青人的无礼的态度接见国拉桑。这位年青人曾在印度诸地前后在几次决斗中打死过四个人。国拉桑已经来过三次了。查礼冷淡的听他说话，随后他就懂得没有十分懂的回答说：

“我父亲的事情并不是我的事情。我感谢您的关心，先生，但是我得不到您的好处。我不是用血汗换来的二百万来，砸我父亲的债权人的头。”

“如果在几天之内令尊被宣告破产呢?”

“先生，几天之内，我就被封为乌皮里昂公爵。您得清楚这和我是毫不相干的。并且您比我更清楚有十万佛郎年收的人，他的父亲绝不至于被宣告破产。”他加上说，一面很有礼貌的把国拉桑先生送到门前。

这一年的八月初，欧琴妮坐在那条小木凳上，这里是她的堂弟给他订立永远爱情盟誓的地方，天气好的时候她都到这里来吃饭。在这最新鲜、最快乐的清早，这位可怜的女郎默默的回想着她的恋爱史中的大小的事故，和跟着而来的惨剧。太阳照耀着那段破裂而几乎完全毁坏的墙壁。这道墙是在奇癖女承继人的命令之下不许人们改动的，虽然高尔诺瓦尔常常对他的妻子说总有一天有人会压死在底下。正在这个时候，邮差敲打着门，给高尔诺瓦尔夫人交来一封信，高尔诺瓦尔夫人就叫着走到花园里来：

“小姐，一封信呀。”

她转交给她的女主人，对她说：

“这就是您所等待的信吗?”

这句话剧烈的回响在欧琴妮的心中，正如它回响在院墙和花园之间一样。

“巴黎！……他回来了!”

欧琴妮脸上发白，拿着信，呆呆不动，过了一会儿。她的心跳得太厉害，一时不能够开封念信。

大拿囊站着不动，两手插在两臂上，快乐好像一缕青烟似的从她那棕色的脸孔的裂隙间冒了出来。

“您念罢，小姐。”

“啊！拿囊，为什么他从苏穆尔去，却从巴黎回来呢?”

“您念罢，念了就知道。”

欧琴妮战栗着打开信封。从信中掉下一张苏穆尔国拉桑银行的汇票。大拿囊捡了起来。

亲爱的堂姐……

“我已经不是欧琴妮了。”她想着，心脏紧缩起来。

您……

“他以前叫我做你呀。”
她叉着手，不敢再念下去，粗大的泪珠涌到她的眼睛。
“他死了吗？”大拿囊问。
“那他就不会写信了。”欧琴妮说。
她念了整封的信，如下：

亲爱的的堂姐：

您一定很高兴的听到我在事业上的成功，我想。您给我带来幸福，我已经发财回来了，我都是按照我伯父的劝告进行的。我刚刚从国拉桑先生处听到他和我伯母的去世的消息。我们的父母死亡那是自然的事，我们应当继续他们。我希望您现在已经得到安慰了。什么东西也抵抗不住时间，我已经试验过。是的，亲爱的堂姐，不幸，在我方面，幻想已经成为过去的事了。毫无办法！游历各地的时候，我曾经细细的想过人生。走的时候，我是一个孩子，回来的时候，我已经变成一个大人了。现在我想到很多我以前没有想过的事。您是自由的，我的堂姐，我也更是自由的；在表面上，没有东西可以阻碍我们的小计划的实现，但是如果我瞒着您我的事业地位，我就算是不忠实了。我一点儿也没有忘记我不能够

欧琴妮脸上发白，拿着信，呆呆不动，过了一会儿。她的心跳得太厉害，一时不能够开封念信。

属于他人；在我的奔波生活中，我常常回想到那条小木凳……

欧琴妮好像坐在熟炭之上，她站了起来，走到庭院的一个台阶，坐下。

我们曾经在那里发誓要永远相爱的那条小凳子；我常常回忆走廊，回忆那灰色的大厅，回忆我所住过的屋顶房，回忆用您的至诚使我的将来容易成功的那一夜。是的，这些回忆曾经支持着我的勇气，我常常对我自己说，您一定在我们定约的时刻，常常想到我，正如我想到您一样。您看了没有九点钟的飞云？一定的，不是吗？所以，我并不愿意出卖对我这样神圣的友谊；不，我一点儿也不应当欺骗您。现在的问题是一种可以满足我对于婚姻的一切理想的结合。结婚的爱情是荒谬的。现在我的经验告诉我，应当服从一切的社会律则，应当结联一切结婚人所需要的条件。本来在我们之中已经存在有年龄上的差异，这对于我们的将来所生的影响，亲爱的堂姐，恐怕是比我一个人的将来还要重。我还没有说到您的风俗，您的教育，您的习惯；这些都不能够和巴黎的生活相配合，更不能够和我的将来的计划相调和。我的计划就是要保持大家的风度，接见很多的人，可是我相信我还记得您是喜欢一个温和而平静的生活的。不，我还应当更坦白一点，要您来裁判我的情况；您应当知道，您有批判的权利。现在我有八万佛郎的年收。这财产使我能够和乌皮里昂家结缡，这一家的女承继人是一位十九岁的小姐，结婚了之后，她就可以给我带来我的姓，我的爵位，我在王宫当圣上客卿的位置和一个最光荣的地位。我可以跟您发誓，我的堂姐，我一丁点儿也不爱乌皮里昂小姐；但是，由于这个结缡，我可以给我的子孙保证一个社会的地位，它的益处是无从计算的。君主的思想一天比一天的强盛起来。所以，几年之后，我的儿子就可以变成乌皮里昂侯爵了，他有四万佛郎的年收，作为他的贵族世袭财产，他就可以在政府里抽选一个合适的位置。我们对于我们的儿子是有责任的。您可以看得出来，我的堂姐，我是多么诚恳的对您吐露我的心情，我的希望，我的财产。说不定七年的相别，在您方面，您还没有忘记我们的幼稚的举动；但是，我却并没有忘记您的仁慈，也没有忘记我所说过的话；一切我都记得，甚至于极小的事；这些小事是一个没有我有良心、没有我天真、没有我纯净的年青人所不会想到的。告诉您我只是做了一个条件的结缡，我还回想到我们那小孩子一般的爱情（不是整个随您的意把您变成我的命运的主人翁吗?），如果我应当放弃我的社会野心，我就愿意接受这单纯洁净的幸福，这幸福就是您那动人的面貌所给我的。

您的忠实的堂弟，

查礼

下面还有一段附言：

再者：我另外附上一张国拉桑银行的汇票，计八千佛郎，是在您的名下支取的，是按金子计算的。这是承您的好意所借给我的本钱，加上利息之后的总数。我正在等着保尔都来的一个箱子，那里有一些送给您的东西，可以表示我对您的永远的谢意。您可以把我的梳妆匣由公共马车寄到希勒林—柏尔登街乌皮里昂公馆葛兰德先生收。

“由公共马车寄去!”欧琴妮说，“一千次几乎为它损失我的生命的这一件东西!”

可怕的完全的惨剧啊！在希望的大洋中，船是整个的沉没了，没有留下任何的绳索和木板。

眼看着自己被遗弃，有的女人会跑到情敌的手臂中去夺取她们的爱人，杀死她，逃到天边海角，上了断头台，或是跑到坟墓里。毫无问题的，这是美丽的；这罪犯的动机是人类公理所允许的高雅的情感。其他的女人会低着头，沉浸在痛苦之中，她们慢慢的死亡，忍耐着、涕泣着、宽宥着、祈求着、回忆着，一直到最后的叹息为止。这是爱情，真正的爱情，天使般的爱情，骄傲的爱情，这爱情是生活在痛苦之中、死在痛苦之中的。这是欧琴妮念完这封可怕的信之后的感觉。她瞅着天上，想到母亲的最后的话语，这母亲正如其他临死的人一样深刻而敏悟的一眼看透将来；然后，回忆到母亲的死和这先知一般的生命，欧琴妮就一眼测量着她自己的命运。她只有展开翅膀，伸向天空，在祈祷之中生活到解脱的一天。

“母亲说得对，”她挥泪的说，“痛苦着而死呀。”

她慢慢的从花园走到大厅。和她的习惯相反，她没有经过走廊；然而她又在古老的灰色客厅中安放她每天早饭所用的一个茶托的壁炉上，旧西维尔的糖罐中找到回忆堂弟的材料。

这一个早晨对于她应当是很仪式的，满充着事故的。大拿囊告诉她教区教士的来临。

这位教士是古虑曹的一位亲戚，是为彭风院长的问题而来的。几天以来，老教士已经决定叫他跟葛兰德小姐谈话，用纯粹宗教的立场劝导她订立婚约。看见牧师来，欧琴妮还以为他是来讨每月捐给穷人的一千佛郎，她叫大拿囊去取钱；可是，这位教士却微微的一笑。

“今天，小姐，我是来跟您讲一位可怜的女子的事体。全苏穆尔的人都很关心这位女子，但是她对自己却缺乏仁慈，违反基督的教义生活着。”

“我的上帝！教士先生，您刚刚好碰到我绝对不能够想到旁人的事情的时候来了，我很忙于自己的事体。我是个不幸的女人，除了教会以外，我并没有其他的避难所；教会有宏大的怀抱，可以容纳我们的一切痛苦；它有丰富的情谊让我们尽量的汲取，不至于干涸。”

“唉，小姐，当我们关心这位女子的时候，我们也要关心您。请您听！如果您要拯救您自己，您只有两条路可走：不是离开这世界，就是服从律法；听从您的人世命运或是听从您的上天命运。”

“啊！您正是在我需要听见一种声音的时候用这声音跟我说话的。对啦，一定是上帝命您来这儿的，先生。我要和人世辞别，为着上帝而孤单的生活在寂寞和退隐之中。”

“您应当长时间的考虑这个问题，我的女儿。结婚是生，出家是死。”

“唉，我要死，立刻的死，教士先生！”她非常激烈的说。

“死吗？但是，您对于社会还有许多应尽的责任，小姐。您不是给许多穷苦的孩子衣服穿，冬天给他们木头烧，夏天给他们工作做的母亲吗？您的大财产其实是应当还清的借款，您也很神圣的接受了这责任。隐匿在尼姑庵，这是自私的思想；至于独自当老小姐，这更不是您所应当的。第一，您能够一个人管理您的大财产吗？也许您会整个的弄掉您的财产。您马上就得打一千次的官司，您也要堕入许多理也理不清的困难中。相信您的牧师：丈夫对您是有用处的，您应当保守上帝所给您的东西。我是把您当做教会的一个爱女来给您说话的。您非常诚恳的爱您的上帝，您在人世间也不会得不到拯救。您是这世界的一个美丽的点缀，是其中的神圣的榜样。”

正在这个时候，国拉桑夫人宣告来临了。报复的念头和极大的失望催促着她来。

“小姐，”她说，“——啊！教士先生在这儿……我不说话了，我是来跟您说事情的，我觉得您们好像在开大会哩。”

“太太，”教士说，“我让您自由。”

“啊！教士先生，”欧琴妮说，“等一会儿请您再来罢，这时刻我需要您的帮忙。”

“是的，可怜的孩子。”国拉桑夫人说。

“您要说些什么话?”葛兰德小姐和教士一同问。

“我难道不知道您堂弟的回来和他跟乌皮里昂小姐的结婚吗?……没有一个女人在她脑袋里是有心灵的。”

欧琴妮红着脸，不说话；但是她已经决定在将来的生活中实行她父亲所有的镇静的举止。

“唉，太太，”她讽讥的说，“在我的脑袋里一定有心灵。我不懂。说罢，就在教士先生面前说好啦，您知道他是我的导师。”

“唉，小姐，这是国拉桑给我写的信，请您念一念罢。”

欧琴妮念着下面一封信：

亲爱的孩子：

葛兰德·查礼从印度诸地回来了，他已经回到巴黎一个月了……

“一个月!”欧琴妮垂下手，说。

歇了一会儿，她又接着读信。

……他让我白等了两次，然后才使我和这位未来的乌皮里昂公爵说话。虽然全巴黎都在谈论他的结婚，虽然一切的结婚公布都已经发表出来……

“所以，他给我写信的时候是……”欧琴妮对自己说。

她没有说完，她不是像巴黎女人那样的喊叫一声“这个混蛋!”，但是，虽然没有表达出来，她的不满意并不是不完全的。

……这结婚还远着哩；乌皮里昂侯爵才不把他的女儿嫁给一个破产者的儿子哩。我很细心的来跟他说过他的伯父和我，我们两个人如何的曾经费过不少的力气、用过不少的心机来劝解债权人，一直没有事到现在为止，平安无事。这个小畜生却无耻的只对我这五年日夜为他的利益、为他的光荣而奔走的人说道他父亲的事并不是他的事！一个商事诉讼代理人有权利向他追索三四万佛郎的酬金，差不多是债务总数的百分之一。但是，等着听罢，他在法律上还欠了债权人一百二十万佛郎哩，我也要去宣告他父亲的破产。我所以献身于这一件事的原因完全是受了老畜生葛兰德的嘱托，我都是用家庭的名义给人家许诺的。如果乌皮里昂公爵不大想到他的名誉的话，我却得大大的顾虑到我的名誉。所以，我要给债权人解释去。不过，为着我对于欧琴妮小姐的尊敬，我们曾经在最隆盛的日子里想到和她结亲，我不能够在你没有告诉她以前开始我的行动。

念到此处，欧琴妮就冷淡的送还这封信，不再继续念完它。

“谢谢您，”她对国拉桑夫人说，“我们以后再看罢。”

“您此刻的声调就和您父亲完全一样。”国拉桑夫人说。

“太太，您还得算给我们八千一百佛郎的金子。”大拿囊对她说。

“这也是真的；劳驾您跟我一块儿来罢，高尔诺瓦尔夫人。”

“教士先生，”欧琴妮要表达她的思想，这使她态度非常镇静，她就说，“结婚而保守童贞，这是不是有罪？”

“这是良心的问题，我还不知道解决这问题的办法。如果您要知道著名的桑志斯在他的《婚姻论》中对于这问题的意见，我明天可以告诉您。”

教士走了。葛兰德小姐上楼走到父亲的事务室来，在那儿一个人过了一天，一直到吃晚饭的时候还不愿意下来，虽然大拿囊恳切的叫过她。晚上，当她的常来的客人到了的时候，她就出现了。这一天的晚会，葛兰德的客厅却比任何的时候客人都多。查礼的回国和他的背约已经传遍了全城。可是，不论客人是怎么样的注目，他们的好奇心却并不能够满足。他们所等待的欧琴妮并不让任何激动她的残暴显露在她那沉静的脸上。她知道用笑脸去回答那些要用愁苦的眼色或话语来表明对她关心的人们。她还知道把她的不幸遮盖在礼貌的布幕之下。将近九点钟的时分，娱乐结束了，打牌的人们都离开了他们的桌子，算了账，争论着最后的几牌魏斯特，一边参加到谈话者的人堆里来。全体闭幕，大家即要离开客厅的时候，忽然起了一幕舞台面的急变，这幕戏震动了全苏穆尔，震动了全州，又震动了四围的邻州。

“请您留步，院长先生。”欧琴妮看见彭风先生拿起手杖，就对他说。

听到了这句话，全体的人没有一个不受惊动。院长脸色发白，不能够不坐下来。

“这几百万的家私是院长的了。”过里包古尔小姐说。

“这是很明白，彭风院长要娶葛兰德小姐。”铎尔桑发夫人喊道。

“这才算是打了一张最好的牌哩。”教士说。

“完全打赢了。”法律公证人说。

各人说各人的话，各人说各人的双关语，一切的人都看着女承继人升在她的好几百万上面，好像升在石基座子上面一样。九年前开始演的一幕戏现在是收场了。在全苏穆尔人之前叫院长留步，不是说她要他当丈夫吗？在这些小城市里，人们是很拘谨的，这种违反风俗的举动已经最正式的表示她的允诺了。

“院长先生，”当他们只剩下两个人的时候，欧琴妮很感动的对他说，“我知道您所喜欢于我的是什么。请您发誓让我一辈子自由，不要叫我给您任何婚姻所给您的权利，如果这样的话，我就嫁给您。——啊！”当她看见他跪在她面前时，她又继续着说，“我还没有说完哩。我不应当欺骗您，先生。在我的心中，我有一个不能够熄灭的情感。我所能够给我丈夫的唯一情感就是友谊：我既不能够攻击他，也不能够违背我的心律。但是，要我做您的妻子，要得到我的财产，您就非给我办一桩大事不可。”

“您看，我都预备好了。”院长说。

“这是一百五十万佛郎，院长先生，”她说着，从怀中取出一张一百股法兰西银行的股票，“请您到巴黎去，不是明天，不是今天夜里，是立刻就走。请您到国拉桑先生处，问他我叔父的一切债权人的名字，请您把他们全体都召集来，付还他们一切的债务，除了本钱之外，再给他们利息，自从欠账到还账之日为止，给他们百分之五的利钱，最后，请您叫他们给您开一张合法的登记的收据。您是一个法官，我只能信托您这桩事。您是一个忠实的人，正直的人；我相信您的话，用您的话当轮船，在您的名字之下，渡过一切生命的危险。我们应当彼此的互相宽恕。我们互相认识太久了，我们差不多就是亲人，您别让我变成不幸的女人。”

院长贴伏在富裕的女承继人的脚前，又是快乐，又是忧虑的只是心跳。

“我愿意当您的奴隶！”他对她说。

“等您得到收据的时候，先生，”她说着，给他投去了一个冷冷的眼色，“就请您把一切的债券都带给我的堂弟葛兰德，再给我转交这一封信。回来之后，我就履行我的约言。”

院长懂得葛兰德小姐因为爱情而忧愤；所以，他就马上用最快的速率来执行她的命令，希望这两位爱人不至于再行和解。

彭风先生走了，欧琴妮躺在靠椅上，浸埋在热泪之中。一切都是习惯了的。

院长乘了邮车，第二天晚上就到了巴黎。到达后第二天的清早他就到国拉桑家里来。法官根据债券的记录召集了债权人，没有一个债权人没有应召而来。虽然他们是债权人，我们也应当公平的批评：他们的确很准时。在那里，彭风院长就用葛兰德小姐的名义，还清了他们的本钱和应有的利息。利息的付还是这时代巴黎商业中最惊人的一件事。

收据登记完毕，国拉桑收到欧琴妮所给他的五万佛郎的酬金之后，院长就到乌皮里昂公馆来了，查礼正好受着岳父的气回到房里来。这位老侯爵刚刚对他说他的女儿只能够等葛兰德·威廉的债权人都清了账之后才可以嫁给他。

院长先给他交上下面的一封信：

我的堂弟：

彭风院长负责给您转交上我叔叔所短的款项的收据，和我承认曾由您处收到这笔款的收据。人家告诉我关于破产的事情；我想一个破产人的儿子恐怕不能够娶乌皮里昂小姐。对的，我的堂弟，您的确对于我的精神、我的举止批评得很恰当：的确，我不懂什么世故，我不会计算，也不知道世俗，所以，我不能够使您得到您所要得到的欢乐。高兴高兴罢，根据社会的习俗而牺牲我们的初期的爱情，您应当高高兴兴的。为着使您的幸福更加完全起见，我没有别的方法，只能够使您的父亲恢复名誉。别了，您会永远在您的堂姐身上发现一个忠实的朋友。

欧琴妮

这位野心家收到这张正式收据之后所镇压不住的赞叹使院长微微的一笑。

“我们可以互相宣告我们的婚事了。”他对他说。

“啊！您娶欧琴妮吗？好，我很满意，她是一个很好的女子。——但是，”他忽然被一个光明的思念所打击，就接着说，“她一定很富罢？”

“四天以前，”院长用轻侮的神气回答，“她差不多有一千九百万；但是现在只有一千七百万了。”

查礼呆呆的看着院长。

“一千七百……万……”

“一千七百万，没有错，先生。我们，葛兰德小姐和我，我们一结婚，合在一起就有七十五万佛郎的年收。”

“亲爱的堂姐夫，”查礼又觉得安堵，就说，“我们可以大家互相提携呀。”

“赞成，”院长说，“这里还有一个小匣子，我也只好转交给您。”他加上说，一面在桌子上放下一个匣子，正是那个梳妆匣。

“唉，亲爱的朋友，”乌皮里昂侯爵夫人说着，走了进来，没有注意到古虑曹，“刚才乌皮里昂先生说的话，请您不要介意，楚浏公爵夫人就对他转过头，不理他。我再重复的说，没有东西可以阻碍你们的婚姻。”

“对的，没有东西，太太，”查礼回答，“我父亲从前所欠的三百万昨天已经还清了。”

“用现钱还吗？”她说。

“完全还清，连本带利都还清，我要恢复他的名誉。”

“多傻！”她的岳母嚷着说，“这位先生是谁？”她看见古虑曹，就朝着女婿的耳边说。

“我的代理人。”他低声对她说。

侯爵夫人很骄傲的向彭风先生行了礼，出去了。

“我们已经互相提携了。”院长拿起帽子，说：“再见，堂弟。”

“他笑我，这苏穆尔的流氓，真想给他肚皮插进六寸铁。”

院长走了，三天之后，彭风先生回到苏穆尔来，发表了他和欧琴妮的结婚。六个月之后，他被委为安儿尔王家法院的评议官。离开苏穆尔之前，欧琴妮把她久视为珍贵的金饰物和堂弟的八千佛郎合在一起熔化了，打成一个金的圣体盒，献给曾在那里为他祈求过上帝的教堂。

她往返的生活在安儿尔和苏穆尔之间。她的丈夫，因为在政界中的努力，当了局长，几年之后，又当了全省的首席局长。他很急躁的等待着普选，希望能够在众议院得到一席。他已经在羡慕着世卿的位置……于是……于是……

“于是，国王就要变成他的表兄弟啦。”拿囊，这大拿囊，这高尔诺瓦尔夫人，这苏穆尔的女中产阶级这样说。

收　场

彭风院长（他终于放弃了他的家姓古虑曹）并没有实现任何的野心，任命为苏穆尔议员之后的第八天他就与世长辞了。

全知的上帝向来没有错罚过，上帝责罚他的计算、他的法律本领。就是这法律本领使他在他的婚约上起草了这条文，说明两位未来的夫妻是在这样的条件下结婚的：如果他们没有儿子的话，他们的公有财产动产和不动产没有例外的，都得依照财产的清单互相遗赠。这清单的制作亦得省略，这省略不得成为两人的承继人或受权人提出抗议之口实等等。

这条款可以解释清楚为什么院长对于彭风夫人的心向和孤独总是不断的尊敬。女人们都说院长先生是一个最具细心的男人，她们同情他，甚至于责备欧琴妮的悲苦和情热，这责备而且是最残酷的。